お人好し職人のぶらり異世界旅 1

ALPHA LIGHT

電電世界

DENDENSEKAI

アルファライト文庫

CHARACTERS
石川《いしかわ》 良一《りょういち》
電気工事店を営《いと》んでいた青年。
分身をはじめ、様々なチート能力を
駆使《くし》して今日も人助け。
メア
妹思いで真面目《まじめ》な性格。
父が借金を残して
苦しい生活をしている。
モア
メアの妹。病魔《びょうま》に侵《おか》されて
床に伏していたが
本当は元気な女の子。

神《かみ》白《しろ》 一《はじめ》
良一の家を訪れた神の使い。
ユコ
Bランク冒険者の
犬獣人の女性。
卓越《たくえつ》した剣の腕前を持つ。
マアロ
食いしん坊な
エルフの女の子。
回復魔法が得意な神官。

序章　異世界に行きませんか

石川良一《いしかわりょういち》、二十三歳独身、現在無職。

実家は小さな町の電気工事屋で、従業員は良一と父親の二人だけの零細《れいさい》企業であった。

幼い頃に母親を亡《な》くした良一だったが、男手一つで育ててくれた父親に対して、深い尊《そん》敬《けい》の念を抱《いだ》いていた。

そんな彼が、幼い頃から見続けてきた父親と同じ職に就《つ》くのも、当然の気持ちと言えよう。

地元の工業高校を卒業した良一は、父の紹介で二年間、隣県《りんけん》の大きな電気工事会社へ修《しゅ》業《ぎょう》に行き、仕事のいろはを学んだ後、晴れて実家に戻った。

父親と一緒に行う仕事は大変だったが、ようやく父親に並び立つことができたようにも感じられ、良一にはそれが嬉《うれ》しく、誇《ほこ》らしかった。

しかしそんな生活に、早くも暗雲《あんうん》が立ち込めることになる。

良一が修業から戻って二年目の冬のある日。

夕方、仕事を終えて帰宅した父親が、車を降りるなり胸を押さえて倒れてしまったのだ。すぐさま病院へと搬送《はんそう》されたが、医者の手当てもむなしく、そのまま息を引き取った。一人残された良一に悲しみに暮れる間などなく、葬儀《そうぎ》の準備や受託《じゅたく》済みの仕事の処理など、慌《あわ》ただしく動き続ける日々をなんとかやり繰《く》りする――そんな状態だった。そうしてひと月が過ぎ、家業を継《つ》ぐことを決意した良一はがむしゃらに仕事に打ち込んだ。

しかし、父親が存命していた時から不景気の煽《あお》りを受けて仕事が減《へ》っていた時分、最初のうちは馴染《なじ》みの工場の担当者や、父と仲の良かった同業者が仕事を回してくれたものの、それも長くは続かなかった。

なんとか一年間頑張《がんば》ってみたものの、二十代の若造ではどうしようもなく、借金は増えるばかり。とうとう、これ以上借金を重《かさ》ねる前に店を畳《たた》んだ方がいいと、会計士に告《つ》げられた。

その言葉に怒りを覚えた良一だったが、この一年で自分の力不足も痛感《つうかん》していたので、やむなく受け入れ、今は技術を身につけて将来に繋《つな》げる時と判断したのだった。

家業を畳むと決めてからは、得意先や仕入先などへの挨拶《あいさつ》回り。良一は行く先々で〝頑《がん》張《ば》ったな〟と温かい声をかけられた。二年間修業をしていた会社の社長からは〝再就職先を決めていないなら、うちに来ないか〟との誘いもあった。

「お言葉、ありがとうございます。ですが、一年間がむしゃらに頑張ってきた中で、自分がいかに世間知《せけんし》らずか気づかされました。数年かけて、資格の勉強や他業種を経験してみたいと思います」

良一はそう言って、深々と頭を下げたのだった。

一通りの挨拶回りを終えてからは、税務署《ぜいむしょ》で手続きしたり、実家兼《けん》倉庫を整理したりと、慌ただしくも寂《さみ》しい日が数日続いた。

そんな作業もやっとのことで一段落した、ある平日の朝。

元会社でもある自宅の部屋で、ジャージ姿の良一はベッドの上でダラけていた。

「特に用事もない一日は久しぶりだな」

良一は身長百八十五センチの恵まれた体格に細身ながらも仕事でついた筋肉を纏《まと》った、しっかりした見た目であったが、性格はインドア趣味《しゅみ》で、休みの日は部屋でネット小説を見たり無料ゲームアプリをしたりすることが多い。

その上、学校を卒業してからというもの、仕事だけに時間を費《つい》やしてきたので、少ない友人達ともすっかり疎遠《そえん》になっていた。

「あ～、飛んじゃったよ……」

誰もいない部屋に良一の舌打ちが響く。スマートフォンでネット小説を読んでいたところ、誤《あやま》ってバナー広告をタッチしてしまったのだ。

開いたのは、よくある漫画サイトや通販サイトではなく、何やら幾何学模様《きかがくもよう》がちりばめられた不思議なデザインのサイトだった。

異世界に転移してみませんか、チート支給で君も異世界ライフ——そんな文字が躍《おど》る、見るからに胡散臭《うさんくさ》いページである。

「詐欺《さぎ》サイトも、こんなバレバレの手を使ってくるようになったのか」

けれども、あまり見たことのない文句に興味をそそられ、暇《ひま》を持て余していた良一は、思い切ってこのサイトを見ていくことにした。

転移する先の世界の概要《がいよう》説明、使用通貨、エルフやドワーフなどのそこに存在するであろう種族の説明が続く。

それらのページを読み進めていくと、転移するための適性検査と書かれたページへと移った。

「設定が細かいな……全然質問が終わらない」

列挙《れっきょ》されている質問一つ一つに答えを選択していくが、何せ数が多く、百を超《こ》えたのに半分しか終わっていない。しかし一度やり始めたなら最後までと、良一は気を奮《ふる》い立たせた。

それからおよそ一時間——

「できた」

質問に全部答え、最後に〝ＯＫ〟と書かれたボタンにタッチすると……

ただ一言〝ご協力ありがとうございました〟と書かれたページに移動した。

「なんだそりゃ」

達成感が一気に霧散《むさん》した良一は、表示されたページを閉じて再びネット小説を読みはじめたのだった。

「もう昼すぎか……。ラーメンでも作るかな」

いつも自炊《じすい》をしている良一だが、今日は少々手を抜いてラーメンを作ることに決め、鍋《なべ》に水を入れてコンロにかけた。

そこで、ピーンポーンとチャイムが鳴り響いた。

「宅配便かな？」

一旦火を止め、玄関の扉を開ける。

「こんにちは、石川良一さんでしょうか？」

すると玄関の外には、高級そうな白いスーツに身を固めて、細い銀縁《ぎんぶち》フレームの眼鏡《めがね》をかけた五十代後半の痩《や》せ型のナイスミドルが立っていた。

「はい、そうですけど」

「申し遅《おく》れました。神白一《かみしろはじめ》と申します」

「神白さんですか……。失礼ですが、セールスか何かですか？」

自己紹介とともに渡された白い無地《むじ》に名前だけが書かれた名刺を受け取りながら、良一は訝《いぶか》しげに問いかけた。

「いえ、セールスとは少し違います。先ほど、異世界転移ライフのサイトで回答を入力していただきましたよね。つきましては、早速異世界転移の意思の確認をと思いまして、こうしてお伺《うかが》いした次第です」

目の前の人物の言葉に驚《おどろ》き、それ以上に呆《あき》れて、良一はしばしポカンと口を開いていた。

「……あの、本気でそんなことを言っているんですか」

「いやいや、お疑《うたが》いになるのもごもっともです。では、論より証拠《しょうこ》と言いますし、一度転移先の異世界をお見せしましょう」

神白は柔和《にゅうわ》な微笑《ほほえ》みで良一をなだめると、胸の前で手を軽く叩《たた》く。

……すると。

周りの景色が一変した。

「こちらが転移していただく予定の異世界です。いかがでしょうか？」

見慣れた部屋は、大自然そのものとしか言いようのない森の中へと変わっていた。

良一が立っている場所は少し開けた広場といった感じだが、前方は先が見通せないほど鬱蒼《うっそう》と茂《しげ》った木々に覆《おお》われている。

さっきまでの生活感溢《あふ》れる雰囲気《ふんいき》はどこへやら、澄《す》んだ空気に木々の青々とした匂いが感じられる。

当然、道路や住宅といった現代日本を感じさせるものは、視界の中に何一つ存在しない。

夢か幻《まぼろし》か、自分の頬《ほお》をつねって確かめようと試《こころ》みた良一に、神白が穏《おだ》やかに呼びかけた。

「これは夢ではありません。現実ですよ」

「確かに……本物みたいだ」

少し歩いてみたところ、靴《くつ》を履《は》いていない素足《すあし》には柔《やわ》らかな土の感触《かんしょく》があり、そばにあるどっしりとした木に触《ふ》れると、ゴツゴツした樹皮《じゅひ》の冷たさが指先から伝わってきた。

これは確かに現実だと、良一は改めて実感する。

「ちょうどあそこに、この世界の生物であるスライムがいますよ」

周囲を確認する良一に、神白が指差した。

そこには水色で透《す》き通った歪《いびつ》な球体があった。バスケットボールより一回り大きいくらいのサイズだ。生物なのか、風もないのにプルプルと体を揺《ゆ》らしてゆっくり動いていた。

「この異世界には、人間に近い知性を持った異種族が多数存在します。そして、モンスターと呼ばれる、人に害をなすものも存在しています。このスライムもその一種ですね」

「なるほど……。プルプルしていますね」

良一が単純な感想を述べると、スライムはこちらに気づいて体を震《ふる》わせながら近づいてきた。

「そして、異世界ではこのように……魔法も使えます」

神白はそう言うと、手の平をスライムに向けた。

突き出した手先にうっすらと白い半透明《はんとうめい》な色の球体が現れ、小さな風切《かざき》り音を立ててスライムへと飛んでいく。

球体が当たると、軽い破裂音《はれつおん》とともにスライムは爆散《ばくさん》した。

「へぇ、今のが魔法ですか！」

「ええ。ごく簡単な、魔力を固めてぶつけるマジックボールという魔法です」

神白がさらりと使用してみせた魔法を見て、良一の口調《くちょう》に興奮《こうふん》が籠《こ》もった。

「石川さんも魔法を使ってみますか？」

神白の誘いに、良一は一も二もなく頷《うなず》いた。

「そう緊張《きんちょう》せずともいいのですよ。簡単ですから」

神白に言われるがまま、良一は肩幅《かたはば》に足を広げて右腕を前に突き出す。

「はい、こうですか」

良一の肩に神白の手が触れると、体の中に今まで実感していなかった力の存在を感知した。

「今実感してもらっているのが魔力です。魔力を手の平に集めるようにしてください。手に力を込めるようなものです。それができたら、次は先ほど見せたみたいに、魔力を球体にしてみましょう」

神白は簡単に言うが、魔力を扱《あつか》うこと自体初めての良一には思うようにできない。それでも助言を受けて悪戦苦闘《あくせんくとう》していると、イメージ通りの球体が完成した。

「まずはあの木に向かって放《はな》ってみてください」

良一は球体に離《はな》れて飛んでいくように念じる。すると、神白が見せた魔法よりは遅いものの、魔法の玉はまっすぐ飛んでいき、木の表面に傷をつけた。

「お見事です。無事にマジックボールが使えましたね」

「おお……！　ありがとうございます」

神白に褒《ほ》められて、良一の顔に笑《え》みが浮かぶ。思えば、人から褒められることなど久しぶりだった。

「では、そろそろ戻りましょうか」

再び神白が手を小さく叩くと、次の瞬間には良一の見慣れた自宅へと戻っていた。

「お疲れ様でした。いかがだったでしょうか」

「いやあ……凄《すご》いというか、信じられないというか……。さっきまでのことは現実ですよね？」

いまだ興奮が冷めきらない良一が、呆然《ぼうぜん》と足元を見下《みお》ろすと、足と床板は土で汚《よご》れていた。

「もちろんです。——あ、気がつかず申し訳ございません。すぐに綺麗《きれい》にしますね」

汚れに気づいた神白が、またまた手を叩く。すると良一の足を光が包み込み、汚れていた足や床はすっかり元通りになった。

「それでは、色々とお考えになる時間が必要でしょうから、本日はこれにて。また明日参りますので、よろしくお願いいたします」

そう言って、神白は帰っていった。

◆◆◆

翌日、昨日と同じ時間に再び神白はやって来た。

「こんにちは、お邪魔《じゃま》してよろしいですか」

「どうぞ。汚《きたな》い家ですけど」

昨日とは違って、良一は神白を客間へと通した。

「本日は異世界転移について話をさせていただきたいと思います」

良一がお茶を出してからちゃぶ台を挟《はさ》んで向かいに座ると、神白は話を切り出した。

「まず先にお断《ことわ》りしておきますが、異世界に転移すると地球にはもう戻れないと考えてください。この前体験していただいたように、行ったり来たりすることはできません」

真剣な顔でそう言われて、良一は重々しく頷きながら考えた。

「この〝異世界転移制度〟は、昨今の事情に鑑《かんが》みてできたものなのです」

「昨今の事情……ですか？」

「はい。昨今、神による不祥事《ふしょうじ》や偶発的《ぐうはってき》な事故などで多数の人々が人知れず異世界へと転移されています。とはいえ、異世界転移を全面的に禁止してしまうと、本当に必要な人々を救済することができなくなってしまいます。そこで主神は、異世界転移に関するガイドラインを策定《さくてい》したのです」

「はあ……なんだか神様も大変なんですね」

神白は小さく苦笑《くしょう》しながら続けた。

「ええ。それで、実際の施行《しこう》を前に、異世界転移が及《およ》ぼす影響の実態調査にご協力いただく方を募集《ぼしゅう》しておりました。石川良一さん、あなたはその第一号です。もちろん、誰でも転移できるわけではありません。あなたに適性があったからこそ、選ばれたのですよ」

「なんとなく分かりました。ちなみに、断るとどうなるんですか」

「昨日のことや私に関する記憶を消すだけです」

アッサリ〝記憶を消す〟などと言ってのける神白に驚きながらも、良一は昨日の出来事を考えれば不可能ではないと実感して背筋《せすじ》を正《ただ》した。

「今までは異世界転移する際に様々な神々が独自《どくじ》に転移者に力を与えていたので、その帳《ちょう》尻合《じりあ》わせが大変だったのです。そこで、異世界転移に関するすべてのことを主神の管轄《かんかつ》に変更した……というのが、内々の事情です」

神白は苦笑しながら懐《ふところ》から何やら書類を取り出して、良一に手渡した。

「こちらの目録《もくろく》をお読みください。サイトにも簡単に記載《きさい》しておりますが、転移時に与えられるチート能力が書かれております」

良一は黙《だま》って書類に目を落とす。

――異世界転移に関して支給される目録《もくろく》――

一、《神級鑑定《かんてい》》《全言語取得》《取得経験値・成長率十倍》《アイテムボックス》上記、四個のアビリティを付与《ふよ》する。

二、第一項以外に転移者が望むアビリティを三個まで付与する。

三、転移者には永久に水が湧《わ》き出る水筒《すいとう》と、蓋《ふた》をすれば中身が戻る弁当箱を支給する。

四、転移者が望む神の贈り物《ゴッドギフト》を三点まで支給する。

五、以上の支給する能力およびアイテムは、神への反逆などを行なった場合には剥奪《はくだつ》する。

「随分《ずいぶん》色々と貰《もら》えるんですね」

「まあ、今回はテストケースとして、多めに支給させていただきます」

なるほど、と納得した良一に、今度は辞書のように分厚《ぶあつ》い書物が手渡された。

「こちらが、支給できるアビリティの事典です。アビリティには五段階の階級があり、下から順に初級、中級、上級、特級、神級と上がっていきます」

「具体的に、どういうものなんですか？」

「そうですね……所持《しょじ》するだけで身体能力が上昇したり、体の構造が変化したりします。向こうの世界では修練《しゅうれん》を行うことや神から与えられるなどして手に入れます」

良一がパラパラと事典をめくっただけでも、剣術や弓術といった戦闘技術、商売に鍛冶《かじ》など、種類は多岐《たき》にわたっていた。

神白の言葉を聞きながら、良一は食い入るようにアビリティの事典を見ていた。

「アビリティに関してはゆっくりご覧《らん》になってください。次はゴッドギフトについてご説明しましょう。これは石川さんが想像した道具を主神が作製するというものです」

「自分の想像したものですか」

「そうです。しかし、何事にも限度がありますので、要望通りの品を作製することはできないかもしれませんが。もし前向きに考えていただけるようでしたら、事典は置いていきますから、支給してほしいアビリティなどを決めておいてください。今度は三日後に参りますので、よろしくお願いいたします。お茶、ご馳走《ちそう》様でした」

「お粗末《そまつ》様です。少し考えてみます」

良一はそう言いながら、どこか上《うわ》の空で玄関まで神白を見送る。この時すでに、彼の心は異世界に行くことにかなり傾《かたむ》いていた。

良一とて、日本での生活や、知人友人に未練がないわけではない。それでも、家族と仕事を失い、人生を再スタートしようというこのタイミングで転がり込んできた異世界転移の話に、大きな魅力《みりょく》を感じたのだ。

◆◆◆

それから三日後。やってきた神白を家に上げると、良一は紙を差し出した。

「ほう……拝見《はいけん》させていただきます」

神白は一度頷いてから紙を手に取り、読みはじめた。

「支給するアビリティ三個は《神級再生体》《神級分身術》《神級適応術》ですか。戦闘系や生産系のアビリティがありませんが、大丈夫ですか？」

「戦闘系は想像ばかり膨《ふく》らんで何が良いのか分からないので、転移先で模索《もさく》します。生産系も習得方法はなんとなく分かるから、どうにかなるかと。それで、特異系のアビリティにしました。これは習得方法が分かりませんしね」

「なるほど、よくご覧になっている。選ばれた三つのアビリティがあれば、大抵のことでは死なないでしょう。せっかく転移するのですから、それが一番大事です」

「向こうではモンスターに襲《おそ》われたとしても、すぐに病院に行けないかもしれないと思って。今まで大きな怪我《けが》や病気は一度もしたことはないですけど、念には念を入れて……」

「回復魔法がありますが、万能ではありませんからね。その点《神級再生体》を使えば、体の部位欠損《けっそん》や病気も大抵のものは治《なお》すことが可能です」

神白は満足げに何度も頷いた。

「さて……ゴッドギフトはこちらですか。中に入ったものが増殖《ぞうしょく》する箱、最新情報に常に更新される地図、こちらの世界から物を持っていくことができるコンテナ。……ふむ」

神白はリストを確認すると、目を閉じて何かを考えはじめる。

「……後の二つに関しては問題ないでしょう。ただ、中の物を増殖することが可能な箱は作成可能ですが、要調整です。そうですね……増殖させる物に相当する価値の代償《だいしょう》を払う必要があることにしましょう。この条件がないと、他のゴッドギフトが増殖できてしまいますからね」

良一はそこまでのことを考えていたわけではないので、神白が提示した条件に納得して応じる。

「分かりました。では、その条件でお願いします」

その返答に頷いてから、神白は要望の紙をもう一度読んで良一に顔を向けた。

「念のため確認しますが、異世界に転移するということでよろしいですね？」

「はい、異世界に転移したいです」

「そうですか、ありがとうございます。差し出がましいですけれども、会社はよろしいのですか？」

「生前、父には好きに生きろと言われていたので。会社を畳んだこのタイミングは、何かの縁《えん》なのかなと思いまして」

「なるほど。かしこまりました。では異世界転移について詳細を詰《つ》めていきましょう」

ちゃぶ台を挟んで良一の向かいに腰《こし》を下ろした神白が、机上に書類を置く。

「こちらから支給するアビリティと石川さんが望むアビリティ、それからゴッドギフトですが……転移する際に主神に会っていただくので、その時に主神より付与《ふよ》されます」

「でも、コンテナについては先に貰わないと、持っていくものの準備ができませんよね？」

良一が口を挟むと神白はあごに手をやって少し考える。

「それもそうですね。コンテナはお持ちですか？」

「隣《となり》の倉庫に一個中古のものがあります。それじゃダメですか？」

「見せてもらえますか」

「もちろん。倉庫はこの家の裏です」

早速、良一は立ち上がって、神白を裏の倉庫に案内した。

シャッターを上げると埃《ほこり》が舞い上がり、湿気《しっけ》た空気がむっと立ちこめてきた。倉庫の中は会社を畳んだ際の状態で、電線などの材料もほとんどなく、ガランとしている。

その隅《すみ》に、十フィート（およそ三メートル）サイズのコンテナが鎮座《ちんざ》していた。

「なるほど、あのコンテナですね」

「そうです」

神白はコンテナを見てから倉庫内を見回すと、ニコリと微笑んだ。

「コンテナと言わず、この倉庫全体で良いのではないでしょうか。倉庫内にある物は全《すべ》て、付与されるアイテムボックスに入るようにしておきます」

「いいんですか！　じゃあ、色々と準備しないと」

思わぬサービスを得られ、良一の顔が輝く。

倉庫一杯なら、かなり色々な物を異世界に持ち込めそうである。

「では、あともう少しだけ向こうの世界の知識をお伝えしておきましょう」

神白はそう言うと、手持ちの鞄《かばん》から取り出したパンフレットを開きながら説明を続けた。

「石川さんが転移する世界はスターリアと言います。先日体験していただきましたが、魔法が存在し、人間を襲うモンスターもいます。文明はこの世界の……そうですね、中世頃と考えてください。ただし、地域によっては十八世紀程度まで発展しております。現在、魔王の存在は確認されておりませんが、周期的に考えると石川さんが転移して五年後に現れる可能性があります」

「ま、魔王⁉」

突然出てきた単語に、良一が素《す》っ頓狂《とんきょう》な声を上げる。

どうやら、ネット小説でもお馴染みの悪の親玉が転移先にも存在するらしい。

「もしかして俺、転移したら勇者になるんですか？」

「石川さんが勇者になるとは限りません。場合によっては、石川さん自身が魔王になる可能性もありますよ」

「俺が魔王ですか……」

勇者以上に実感が湧《わ》かず、良一は口を閉ざして唸《うな》り声を漏《も》らす。

「スターリアでは、魔王は、魔力を操《あやつ》り世界に混沌《こんとん》と恐怖をもたらす者達の王と定義されています。魔人と呼ばれる種族はいますが、彼らの王ではありません。現に、二代前の魔王は人間でした」

神白は淡々《たんたん》とした口調のまま、重要な情報をポンポン出してくる。

「異世界転移を行うにあたって、我《わ》が主神側から石川さんの生き方を束縛《そくばく》することはありません。石川さんが読んでいる小説のように、スターリアにない道具を発明して巨額の利益を生み出したり、成長の早いステータスを生かしてモンスターを倒して名を馳《は》せたり……あるいは田舎《いなか》村で静かに暮らすのも良し。どうぞ自由にお過ごしください」

物騒《ぶっそう》な単語に警戒《けいかい》したが、逆に考えればいきなり魔王と戦わされるような目には遭《あ》わないということである。

良一は気を取り直して頷いた。

「分かりました」

「納得していただけたなら、契約《けいやく》ということで、こちらにサインをいただけますか」

そう言って差し出されたのは、異世界転移同意書と題された書面。細かな条項にさっと目を走らせると、すでに説明を受けた通りの内容が書いてあった。

良一は記名欄《らん》に躊躇《ちゅうちょ》なくサインをして神白に手渡す。

「……結構です。準備にはどれくらい時間が必要ですか？」

神白は書類を丁寧《ていねい》に折りたたんで懐に収めた。

「一週間もあれば」

「ではまた一週間後に来ますので、それまでに準備をお願いします」

「あ……！　すみません」

ふと、頭に疑問が浮かび、良一は慌てて神白を呼び止める。

「あの、異世界に転移したら地球での俺はどうなるんですか？」

「お亡くなりになったという扱いで、公的記録や関係者の方の記憶が改ざんされます。そこは神の御業《みわざ》によるものですから、一切不自然な点は残りませんので、ご安心を」

異世界に転移したら戻れないというのはそういうことかと、良一は理解した。

どうも自分が死んだ扱いになるというのは奇妙な感じだったが、幸か不幸かそれで悲しむような相手も思い当たらない。何より神白達が記憶を書き換《か》えるのであれば、残された者の心に傷が残るようなことにはなるまい——そう考えて、良一は胸を撫《な》で下ろした。

「また、実家の建物《たてもの》などは消滅《しょうめつ》し、この土地も更地《さらち》になります。異世界に持ち込まなかったものに関しては、借金と相殺《そうさい》した上で、売却額《ばいきゃくがく》に相当する金額を転移先の通貨でアイテムボックスに入金しておきます」

「そうですか、分かりました」

「ではまた来週」

そう言って、神白はいつものようにどこかへ去っていった。

約束した一週間、良一は銀行の口座から有り金を全部おろして、異世界に持ち込む物を次々と購入していった。

大量の食料や調理器具、日用雑貨から衣類に風邪薬《かぜ》などの市販薬、テントやキャンプ用品、普段だったら読まないであろう参考書や図鑑の類《たぐい》、そして廃業《はいぎょう》を決意した時から補《ほ》充《じゅう》していなかった電気工事のための配材等々。がらんどうだった倉庫は日が経《た》つにつれて物で溢れかえっていった。

サバイバル生活に関する書籍や道具だけでなく、異世界系ネット小説に載《の》っている物品など、思いつく物はあらかた手に入れた。

今後の地球での生活を考えずに金を使った結果、異世界転移のための準備は六日目の昼に全て終わってしまった。どうしようかと考えた良一は、地元の馴染みの場所を巡《めぐ》ることにした。

「この光景も見納めだな」

地元の神社や小学校に中学校、子供時代に遊んだ川岸などを回り、地元にありながら小学生の時に一度登ったきりだった丘の上の展望台に立ち寄った。

展望台から生まれ育った町を見下ろすと若干《じゃっかん》センチメンタルな気持ちになったが、心に一つ区切りがついたと思えるようになった。

最後に、父親と一緒に仕事帰りによく立ち寄った中華料理屋で夕食を済ませた。

◆◆◆

約束した一週間後の昼前に、神白が良一の家を訪れた。

「こんにちは石川さん。昨日はよく眠《ねむ》れましたか」

「はい。準備は万端《ばんたん》です」

「そうですか。事前にお伝えしたように、転移をするにあたって、これから主神にお会いいただきます。その前に、一度倉庫を拝見してもよろしいですか？」

「分かりました」

良一は、神白を倉庫に案内する。

シャッターを開けると、一週間前とは打って変わって、良一が買い込んだ道具や書籍、食料などで足の踏《ふ》み場もなくなっていた。

「倉庫一杯に物がありますね。生鮮《せいせん》食品もあるようですし、倉庫ごとアイテムボックスに保管しておきますね」

神白は良一に倉庫の外に出るよう促《うなが》すと、パンと手を叩く。

すると、倉庫全体が一瞬で消失した。残されたのは建物の基礎《きそ》も何もない、ただの空《あ》き地だけ。呆然と立ち尽《つ》くす良一の頬を、吹き抜ける風が撫でていく。

「消えた⁉　す、凄《すご》いですね……」

「石川さんもスターリアに行って修業をすれば、簡単にできるようになるでしょう。全ては石川さんの努力次第です」

「本当ですか？」

一体どんな努力が必要なんだと苦笑する良一に、神白は真剣な眼差《まなざ》しを向ける。

「もう地球には戻ってこられませんが、よろしいですか」

「はい。覚悟はできています。お願いします」

良一も神妙《しんみょう》な顔で答えた。

「では主神の御前《ごぜん》へ」

そう言って、神白が深くお辞儀《じぎ》をすると、良一の視界は霧《きり》がかかるように白く染まっていった。

「主神、転移者の石川良一を連《つ》れてまいりました」

「うむ」

白一色の世界に、神白の声と、凛《りん》とした男とも女ともつかない声音《こわね》が響く。

どうやら神白が話しかけている相手が主神らしい。

白いだけだった視界が徐々に輪郭《りんかく》を持ちはじめ、良一は最初に神白の姿を認識し、そのすぐ近くに立つ主神であろうお方を見た。

しかし、顔があるはずの部分には……何もなかった。

「おうぅ」

思わず変な声を出す良一。

「私は顔がないからね、驚かせてしまったかな」

主神が絶妙《ぜつみょう》なタイミングで声をかけた。

「改めて、転移を決めてくれたことに感謝する。これからの行く末に幸多《さちおお》からんことを」

そう言われただけで、良一の心はそれまで感じたことがないほどの幸福感と充足感《じゅうそくかん》に満たされた。

「君は勇者として転移するわけではない、事故に遭って命を落として転生するわけでもない。君自身で選んだ異世界転移だが、人生の一つの目標となるように課題を与えよう。言うなれば神の試練だ。君には、転移する先のスターリアで私を崇《あが》めている神殿を全て回ってみてほしい」

「全ての神殿ですか」

「神殿はスターリアの様々な場所に存在するから、異世界を見て回るといい。無論、試練に挑《いど》まずに別の目標に向かって生きても構わない」

「一つの目標として生きていきたいと思います」

「うむ、では私から祝福《しゅくふく》を」

主神が差し出した右手から光の玉が放たれ、良一の体に入る。

良一は体に心地《ここち》よい変化を感じ、望んでいたアビリティが身についたのを理解した。

「石川さんが望んだゴッドギフトは、利便性《りべんせい》も考えてアイテムボックスに収めたままでも使用できるようにおまけしておきましたので、スターリアに着いたら確かめてみてください。一応簡易的な説明書きもアイテムボックスに入れておきます」

　神白が横から補足した。

「何から何まで、ありがとうございます」

　深々と頭を下げる良一に、神白が転移前の最後の忠告を口にする。

「石川さんから見て、異世界スターリアはこの日本よりも死という概念《がいねん》が近い場所です。しかし、恐れずに進んでください。あなたは自由なのです」

　神白がそう締《し》めくくると、良一の足下から眩《まばゆ》い光が放たれ、彼の体を呑《の》み込んだ。

　やがて光が収まると、そこに良一の姿はなかった。

「主神、彼はスターリアで生きていけるでしょうか？」

「それは彼次第だな。少なくとも、私に見える未来では、大丈夫だよ」

　神白はその言葉を聞くと、一礼して主神の部屋を後にした。

一章　最初の村

目を開けると、そこは異世界だった。

「ここって、神白さんに連れてきてもらった場所か」

森の中の少し開けた場所。目の前の木には良一がマジックボールでつけた傷があった。

「いきなり動き回る前に、もう一度マジックボールを撃《う》ってみるかな」

異世界転移の実感を得るために、良一は前回撃ち込んだ木に向かってマジックボールを使ってみた。

前回と同じように体内の魔力を感じ取ってイメージすると、手の平から淡《あわ》く光る球体が射出《しゃしゅつ》され、木の表面に深く傷がついた。

「よし、魔法は使えるな」

それから、良一は自分の状況を確認するために、自身に鑑定《かんてい》をかけた。

石川良一

レベル：1
生命力：150／150　魔保力《まほりょく》：295／300
攻撃力：100　守備力：100
速走力：100　魔操力《まそうりょく》：100
魔法属性：全属性
所持《しょじ》アビリティ：《神級再生体》《神級分身術》《神級適応術》《アイテムボックス》
《神級鑑定》《取得経験値・成長率十倍》《全言語取得》
神の加護《かご》：なし

「これがステータスか。まあ、なんとなく意味は分かるな。マジックボール一回で魔保《まほ》力《りょく》ってやつを5消費するのか。結構な回数使えるな」

良一は事前にネット小説を読み込んでいたので、各項目の意味はそこそこ理解できた。

ただし、一般人の平均とどれだけ差があるのかは、まだ分からなかったが。

能力の確認を終えた良一は、次に主神から貰ったゴッドギフトの地図を広げた。

「ここから一番近い町はどこかな」

地図は一目で情報が分かる仕様《しよう》になっており、現在位置、周囲の地域の名前、方角、目的地までの距離《きょり》などが感覚的に理解できた。

「今はこのイーアスの森の中だから、一番近いのは十六キロ先のイーアス村だな」

場所と方角が分かったらとにかく動こうと、良一はイーアス村へと歩きはじめた。

しかし舗装《ほそう》されていない森の中、木々をかき分けて歩くのは大変で、肉体労働をしていた良一でも思うようにスピードが出なかった。

ゆっくり村に向かっていると、目の前の草むらから薄汚《うすよご》れた水色の物体が飛び出してきた。

「うわ！」

良一は驚いて身を引くが、よくよく見ると、神白が魔法で吹き飛ばしたのとよく似たスライムだった。

異世界転移で初めてのモンスターである。

スライムはプルプルと震えるだけで、敵対的な行動を起こしてこない。このままやり過ごすことも考えたが、神白が〝人を襲う〟と言っていたのを思い出し、改めて正対した。

「落ち着け、俺はできる」

初の戦闘で良一の心はめまぐるしく移り変わった。緊張に不安、興奮……あらゆる感情が溢れ、喉《のど》が渇《かわ》くのを感じた。しかし、不思議とスライムを殺すという行為に嫌悪感《けんおかん》は抱かなかった。

「よし、よし、よし」

良一は頬を叩いて自分に活を入れ、手の平をスライムに向けた。

先ほど確認した手順通り、魔力を集める。

「マジックボール」

良一の手から放たれた魔法の玉は一直線にスライムに向かい、見事に命中した。

しかし一撃で倒すには至《いた》らず、今度は怒りを露《あら》わにしたスライムが先ほどまでとは打って変わって大きく体を震わせはじめる。

「神級鑑定」

良一はスライムの動きに警戒しつつ、慌ててステータスを確認する。

スライム
レベル：３
生命力：９／６５　魔保力：７／７
攻撃力：５５　守備力：５０
速走力：１５　魔操力：１０
魔法属性：なし
所持アビリティ：なし

「ダメージが足《た》りなかったのか。それにしても……スライムの二倍ほどしかないじゃないか、俺の攻撃力は」

　思わず脱力しそうになる良一めがけてスライムが突進してくる。これは紙一重《かみひとえ》でかわしたものの、体勢が崩《くず》れたところを再び体当たりされ、腹に食らってしまった。

「うぉっへ！」

　肺の空気が全て吐き出され、しばし呼吸困難になる。

　その間も三度目の突撃を試みるスライムを油断なく横目で窺《うかが》いながら、荒い呼吸を繰り返す。

「そう何度も食らうかよ」

　スライムの動きは単調で、一直線に突っ込んでくるだけらしく、タイミングを計《はか》れば簡単に避《よ》けられる。そう読んだ良一は、肩で息をしながらも再びスライムに向けてマジックボールを放った。スライムの体力は残り少ないので、威力《いりょく》よりも射出速度を優先すると、魔法が若干早く発動した。

　最初にスライムにぶつけたマジックボールよりも一回り小さかったが、スライムに当たると残りの生命力を削《けず》りきった。

「ふぅ、終わったか……って、おっおっお～!?」

　スライムを倒したら、急に体に力が漲《みなぎ》ってきたのを感じ、良一は再び自分に鑑定をかける。

石川良一
レベル：3
生命力：330／350　魔保力：485／500
攻撃力：200　守備力：200
速走力：200　魔操力：200
魔法属性：全属性
所持アビリティ：《神級再生体》《神級分身術》《神級適応術》《アイテムボックス》
《神級鑑定》《取得経験値・成長率十倍》《全言語取得》
神の加護：なし

「生命力と魔保力がプラス200、他がプラス100か。結構増えたな」

ここまで体の変化を実感するのは、支給されたチート《取得経験値・成長率十倍》のおかげであろうが、気分が良かった。

「このスライムはどうするかな。何かの素材とかに使えるかもしれないけど、持っていくのもなあ……とりあえず、少しだけ取っておくか」

良一はアウトドア用のサバイバルナイフでスライムの体を少しだけ切り取り、百円均一ショップで購入した瓶《びん》に入れて回収した。

「思いがけず時間を食ってしまった。この調子だと村に着くのが夜になってしまうな」

とりあえず村に行ってから色々と考察しようと考えて、良一はイーアス村へと急いだ。

道中は、スライムの他にも芋虫《いもむし》の化け物であるビッグワーム、大きな蜘蛛《くも》のビッグスパイダーなどが出現したが、どれもそれほど強いモンスターではなかったため、落ち着いてマジックボールをぶつければ怪我することなく倒せた。

良一は順調にレベルを上げながら、着実にイーアス村に近づきつつあった。

しかし、そうして地図で方向を確認しながら歩いてしばらく経った頃、近くで獣《けもの》の唸る声が聞こえ、良一は足を止める。

「なんだ？　野良犬《のらいぬ》か？」

辺りを窺うと、前方の茂みがいくつかガサガサと揺れ動いていた。

次の瞬間、三体の大きな犬が飛び出してきた。

レッサーウルフ
レベル：7
生命力：250／250　魔保力：140／140

攻撃力：230　守備力：130
速走力：320　魔操力：100
魔法属性：風
所持アビリティ：《初級咆哮《ほうこう》》《遠吠《とおぼ》え》

良一の体に緊張が走る。

「初めての複数相手……しかも、アビリティを持ったモンスターとの戦闘か」

良一は油断なく周囲を見回し、速度重視《じゅうし》で次々にマジックボールを放つ。しかし、レッサーウルフは機敏《きびん》に動いてこれを避けていく。

特にリーダー格と思《おぼ》しき一体は一際《ひときわ》動きが良いため、良一の魔法が掠《かす》りもしなかった。

「くそ……一発ずつ撃っても埒《らち》が明かない。上手《うま》いこと範囲攻撃できないものかな」

攻撃を続けながら試行錯誤《しこうさくご》していると、有効範囲の広がったマジックボールを放つことができるようになった。

さらに、今まで片手だけだったのが、両手から射出可能になり、良一の攻撃密度《みつど》が一気に増した。

「これでなんとかなるかな」

良一は片方の手のマジックボールをフェイントに使ってレッサーウルフの動きを誘い、

もう片方の手の攻撃を命中させるなどして、徐々にレッサーウルフにダメージを負《お》わせていった。

そんなこんなで、二体の敵を倒すことができたが、リーダー格のレッサーウルフには未だ有効打を当てられずにいた。

しかし、良一の方も敵を二体倒したおかげでレベルが上がったらしく、リーダー格の動きに対応できるようになっていた。だが、それが油断を生んだ。

一瞬の隙《すき》を逃さず、レッサーウルフが良一に牙を剥《む》き、口を大きく開いて飛びかかってきた。

マジックボールは間に合わない――そう直感すると、良一は鉄板の入った安全靴でとっさにレッサーウルフを蹴《け》り上げた。

「ギャウン」

レッサーウルフは鳴き声を上げながら勢いよく吹き飛び、絶命《ぜつめい》した。

「なんだ……蹴りで一撃かよ。これもレベルが上がってステータスが高くなったおかげなのかな」

先ほどまでチマチマとマジックボールでモンスターを倒してきたのが徒労《とろう》に思え、良一はため息をつく。

レッサーウルフを蹴った感触をなるべく思い返さないようにしながら、死体に近づき、かがみ込む。

「ネット小説だと、牙なんかを回収して素材にしてるよな」

他にも毛皮に利用価値がありそうだったが、あいにく良一は皮剥《かわは》ぎのやり方を知らない。

それに、精神衛生的にも牙を折る方が良いと考え、今回は牙だけ手に入れることにした。

舌をだらんと垂らしたレッサーウルフの体はまだ温かく、口に手を突っ込むと、今にも目を覚《さ》ましそうで恐怖を覚える。

それでも、手をかけて力を込めると、牙は呆気《あっけ》なくポキリと折れた。

「魔法以外で決着がついたし、なんか拍子《ひょうし》抜《ぬ》けだな」

◆◆◆

移動を再開し、夕方になった頃、ようやくイーアス村に辿《たど》り着いた。

村の周りは柵《さく》と堀で囲まれており、唯一の入口に立っている門番の男が良一に声をかけた。

「旅人さんかい？　身分を示すものを見せてもらえるかな」

「すみません。身分証は持ってないんですけれど。まずいですかね？」

困り顔で頭を掻《か》く良一に、門番は訝しげな目を向けた。

「持ってない？　今までどうしていたんだ」

正直《しょうじき》に異世界転移の話を出したらかえって怪《あや》しまれると思い、良一は適当な理由をでっち上げてこの場を乗り切ろうと試みる。

「えーと……冒険者……そう、冒険者になろうと思って故郷を出てきたんですが、今まで生まれた土地から離れたことがなくて、どうしたものかと途方《とほう》に暮れていました。身分証というのはどこで手に入るんですか？」

「兄さんは冒険者になりたいのか、そりゃギルドで登録しなきゃな。だがあいにく、この村にはないから無理だ。身分証を手に入れたいなら、木工ギルドの組合所がある。そこで試験に合格すれば組合員証を発行してもらえる。当面はそれぐらいしかないな」

「そうですか……分かりました。考えてみます」

「悪いが決まりでな、身分証のない者が村に入るには銀貨三枚が必要なんだ。持ってるかい？」

「銀貨三枚ですね、分かりました」

良一はアイテムボックスの銀貨をポケットに突っ込んだ手の中に取り出し、男に手渡す。

銀貨を受け取った門番は、夕日にかざして確認しはじめる。

「こりゃあ綺麗な銀貨だな。貨幣《かへい》の神の神殿にでも行ってきたのか？」

「いえ。旅の商人に両替してもらいました」

「まあ、確かにお金は受け取った。改めて、イーアス村へようこそ」

「ちなみに、宿屋ってありますかね？」

「材木商や行商人が泊まるための宿屋が三軒《けん》あるが、金があるなら〝森の泉亭〟がいいと思うぞ。この道をまっすぐ行った先だ」

「ありがとうございます。行ってみます」

門番に一礼して、良一は異世界に来て初の村に足を踏み入れた。

そこそこ大きな村のようで、人口は五百人ほど。周囲の森での木材業が主産業らしい。

建物も木造家屋《かおく》が中心で、どことなくヨーロッパの山岳《さんがく》地帯の田舎村といった雰囲気だ。

「ここが、門番さんの言っていた森の泉亭か、そこそこ大きいな」

門番に紹介された宿屋は、木造二階建《だ》ての大きな建物だった。扉《とびら》には〝ようこそ森の泉亭へ〟と書かれた看板が掛けられていて、中に入ると受付カウンターに男性が立っていた。

「いらっしゃいませ。ご宿泊ですか？」

「はい、一人なんですけど、部屋は空《あ》いていますか？」

「ええ、二階に一室ございますよ」

「じゃあ、とりあえず三泊で」

「かしこまりました。料金は前払いで、一泊銀貨七枚です。食事は別料金で、一食銀貨一枚ですが、いかがなさいますか？」

「それなら、朝と晩のご飯をつけてください。すると……全部で銀貨二十七枚ですね」

良一がポケットに手を入れると、受付の男はそれを手で軽く制して頭を下げた。

「申し訳ございませんが、本日のお食事はもう受付が終了いたしまして……明日の朝からご用意できます。ですので、銀貨二十六枚か、金貨をお持ちなら金貨二枚と銀貨六枚頂《ちょう》戴《だい》できますでしょうか？」

「そうなんですか」

アイテムボックスから金貨二枚と銀貨六枚を渡した。

「確かに。では、こちらにご記帳願えますか。お部屋は二階の角部屋、二〇六号室です」

「すみません、文字が書けないので、代筆してもらえますか？　石川と申します」

「かしこまりました。どうぞごゆっくり」

良一は部屋の鍵《かぎ》を受け取ると、階段を上がって指定された部屋に入った。

「そこそこ広いな」

部屋の中は、十畳《じょう》程の大きさで、ベッドと椅子《いす》と机とクローゼットがあった。家具は全て木製で、どれも手作りの一品物のようだ。飾《かざ》り気《け》はないが作りはしっかりしている。

「それにしても部屋が暗いな。明かりは……このランプに火をつけるのか？」

机の上に、松ヤニを固めた固形燃料のような物があるが、すぐに燃えつきそうだった。

「電気があるわけじゃないし、暗くなったら一般の人は寝てしまうんだろうな」

良一はまだ食事をしたり神白の手紙を読んだりしたかったので、アイテムボックスから電池式のランプを取り出した。

「やっぱり電気の力は偉大《いだい》だね」

部屋は手紙を読むには申し分ないくらいに明るくなり、良一は手紙と一緒にペットボトルの水と携帯《けいたい》食料の箱を取り出して、ささやかな夕食にした。

「さてと、何が書いてあるかな」

――石川良一様

初めての異世界の暮らしは、日本とは勝手が違って戸惑《とまど》うことも多いでしょう。

この手紙で、ゴッドギフトや支給されたアビリティについて今一度詳《くわ》しくご説明したいと思います。

まずはゴッドギフトの水筒と弁当箱ですが、こちらは中身を入れて〝登録〟と念じれば今入っている中身を登録することができます。空《から》になっても何か登録してある状態で蓋を閉じると、中身は元通りに戻ります。他のものに変えたい場合は〝解除《かいじょ》〟と念じれば、中身を入れ替えられます。なお、登録できるのは〝調理した飲食物〟のみです。

続きまして、石川様が希望されたゴッドギフトについてご説明いたします。

持ち物を異世界に持っていくことが可能な倉庫――異次元倉庫――は、アイテムボックスと同期させておきましたので、必要な物は全てアイテムボックス経由で取り出せます。

最新情報に常に更新される地図は〝万能地図〟と命名しました。こちらは随時《ずいじ》更新されております。地図を開き、指先に魔力を込めて〝拡大縮小《しゅくしょう》〟と念じれば倍率が変わります。拡大を続けると町や村の詳細図まで分かりますし、そこがどんな建物か、何を扱う店なのかも記載されます。

中に入れた物が増える箱は〝増殖箱〟と命名しました。こちらもアイテムボックスに同期させてあります。箱そのものを取り出すことは可能ですが、窃盗《せっとう》や破損《はそん》にはご注意ください。〝増殖〟と念じればアイテムボックス内の貨幣を自動で消費して増殖します。ただし、費用が足りない場合は増殖されません。日本の物は石川様が旅立った時点での値段、スターリアの物は現在の平均的な価格で増殖できます。

次はアビリティについてご説明します。

《神級鑑定》は、鑑定アビリティの最上級です。人物や動植物、商品、モンスターなど全てのものを鑑定し、情報を表示することができます。

《全言語取得》によって、石川様はスターリアで使われている言語を全て話し、文字を読むことが可能になります。ただし、石川様が書く文字には適用されませんので、お手数ですがご自分で修得《しゅうとく》してください。

《取得経験値・成長率十倍》は、生物を討伐《とうばつ》した際に手に入る経験値を十倍にし、さらにレベルアップ時のステータスの上昇値を十倍にするものです。

《アイテムボックス》は、その名の通り様々な物品を異次元に収納する能力です。石川様に支給されたアイテムボックスは容量が大きく、中に入れた物の時間が停止しますので、保存には最適ですが、成長を促す用途には不向きです。なお、生物はアイテムボックスに収納できません。

これらのアビリティはスターリアの人々も保有するものです。特に鑑定やアイテムボックスなどは、初級や容量の小さいものであれば取得する人も少なくないので、安心してお使いください。

念のため、石川様が望まれたアビリティについても記載させていただきます。

《神級再生体》は、体に魔力を込めてアビリティを意識すれば発動します。命がある限り、どのような怪我や病気でも健康な状態にすることができますが、不死身《ふじみ》ではないので、一瞬で命を奪《うば》われた際には対応できません。

《神級分身術》の発動方法も同じです。分身体は石川様の本体を主人とし、命令に絶対服従《ふくじゅう》する分身体が出現します。作製可能な分身の最大数はレベルの三倍の値です。分身体は生命力がゼロになるか石川様が〝解除〟と念じれば消えます。最大数以上の分身体を召喚《しょうかん》することもできますが、その場合はペナルティとして能力値が劣《おと》るものになります。

《神級適応術》は、体に魔力を込めれば、極寒《ごっかん》の地や溶岩《ようがん》地帯、高所や過重力《かじゅうりょく》の場所であっても平地と同じように活動できる能力です。また毒や麻痺《まひ》など、体に異常をきたす状況でも、アビリティを発動した状態で一定時間過ごせば無効化できます。

最後に、スターリアの一般常識を簡単にご説明します。

スターリアでは人間種の他に、獣人、エルフ、ドワーフ、フェアリー、巨人に小人など、多様な知能のある種族が単種族、あるいは複数で交ざり合って国を築《きず》いています。種族間の争《あらそ》いはまれにありますが、現在は大きな戦争は発生しておりません。

服装については石川様が日本で普段着ていたもので問題ありません。多少珍《めずら》しいと思われる程度で、不審《ふしん》がられることはないでしょう。

医療面では治癒《ちゆ》魔法が存在しますので、科学的な技術は発達しておりませんが、中には日本の治療技術よりも高度なものもあります。

おおよその貨幣価値は日本円に換算《かんさん》すると次の通りです。

大白金貨＝百万円
白金貨＝十万円

金貨＝一万円
銀貨＝千円
大銅貨＝五百円
銅貨＝百円
青銅貨＝十円
錫《すず》貨＝一円

なお、貨幣はスターリアの貨幣の神ビエスが管轄しており、偽造《ぎぞう》は神罰の対象となります。国がビエスの神殿に各硬貨に相当する金属を奉納《ほうのう》すれば、貨幣として下賜《かし》されるという仕組みです。

なお、石川様の日本の資産はこちらの貨幣に換算してアイテムボックスに入れておきました。合計金額で一千万円ほどになりましたので、明細を添《そ》えておきます。

一週間は地球と同じく七日。ただし一ヵ月は四週間の二十八日で固定です。それが十三ヵ月あり、一年は三百六十四日。四年に一度閏年《うるうどし》で三百六十五日になります。一日は二十四時間ですので、石川さんの腕時計の時間はこちらに合わせて調節しておきました。

簡単でしたが、説明は以上です。石川様の未来に幸多からんことを祈ります。

長い手紙を読み終えて腕時計を確認すると、かなり時間が経っていた。

「明日は木工ギルドに行ってみたいし、寝るかな」

良一はアイテムボックスから取り出したパジャマに着替えて横になったものの、ベッドが予想以上に硬《かた》かったので、持参した布団《ふとん》を敷《し》いて寝ることにした。

◆◆◆

朝、鳥のさえずりで目を覚ました良一の視界に飛び込んできたのは、宿屋の天井《てんじょう》だった。

「もう朝か……昨日は風呂《ふろ》に入らなかったし、顔でも洗ってこよう」

良一が普段着に着替えて部屋を出ると、廊下《ろうか》を掃除している中学生ほどの年頃の女の子と目が合った。

「あっ、おはようございます。昨晩いらっしゃった方ですよね。この森の泉亭のお手伝いをしているマリッサって言います。マリーって呼んでください」

掃除の手を止めた少女は、ペコリと頭を下げて明るい声で挨拶をした。

「おはようございます。石川良一です」

「イシカワ……さんがお名前ですか？」

「いや、名前は良一です」

マリーは聞き慣れない名前に一瞬首を傾《かし》げたが、すぐに呑み込んで、何度も頷いた。

「じゃあ、良一さんって呼びますね。朝ご飯ですか？」

「朝ご飯の前に、顔を洗いたいんだけど」

「それなら、中庭に湧き水が流れている場所がありますから、それをお使いください。朝食は階段を下りて左の食堂にご用意してあります」

「ありがとう、行ってみるよ」

良一が階段を下りると、受付カウンターには昨日の男性が立っていた。

「おはようございます。疲れは取れましたか」

「はい、ぐっすりと眠ることができました」

「それは良かったです。朝食はそちらの通路の先にある食堂でどうぞ」

「その前に中庭で顔を洗おうと思いまして」

「でしたら、そこの扉を開けていただくと中庭に出られますよ」

「ありがとうございます」

受付の男性が指差した扉をぐると、植木や花壇《かだん》が綺麗に整《ととの》えられた、緑溢れる中庭があった。その隅に設置された石細工《いしざいく》の置物から水が出ている。

「お～、冷たい」

良一は顔を洗うついでに頭も濡《ぬ》らして水で軽く洗った。タオルでさっと頭を拭《ふ》くが、短髪なのであとは自然乾燥《かんそう》に任《まか》せ、食堂に足を向けた。

「ようこそ、朝ご飯かい？」

食堂と書かれた部屋に入ると、中年の女性が良一を迎《むか》えた。他には誰もいない。

「はい、そうです」

「部屋番号を教えてもらえるかい」

「二〇六号室です」

「ああ、旦那《だんな》が言っていた旅人さんだね。好きな席に座っておくれよ」

良一が壁沿《かべぞ》いの席に座ると、すぐに女性が大きな木の皿を持ってきた。

「はい、どうぞ」

皿の上には野菜のサラダと焼いた何かの肉が載っていた。

「ありがとうございます」

サラダはみずみずしく新鮮《しんせん》だったが、ほぼ野菜そのものの味だけで、肉の塩気《しおけ》で食べる付け合わせといった位置づけのようだった。肉は豚肉に近い味だが少し硬く、筋張《すじば》っている。

決して不味《まず》いわけではなく、充分に食べられる料理だが、良一はせっかくだからと、アイテムボックスからスーパーで買っておいたドレッシングを取り出した。

それを横で見ていた従業員の女性が、興味深そうに話しかける。

「おや、アイテムボックスのアビリティを持っているのかい、羨《うらや》ましいね。それはなんだい？」

「これはドレッシングです。サラダにかけて味をつけるものです」

「へー、美味《おい》しいのかい？」

「よかったら、食べてみますか？」

「いいのかい、悪いねえ」

女性は厨房《ちゅうぼう》に入って、木の皿にサラダを少しよそって戻ってきた。

良一が蓋を開けたドレッシングの容器を渡すと、女性はそれを自分のサラダにかけて一口食べた。

「あら、美味しいね！　少し脂《あぶら》っ気《け》もあって……こんなに美味しいサラダは初めてだよ」

女性がパクパクとサラダを食べていると、マリーが食堂に入ってきた。

「お母さん、廊下の掃除が終わったよ。お腹《なか》が空《す》いたからご飯をちょうだい――って、ちょっとお母さん！　なんで良一さんと一緒にご飯を食べているの⁉」

マリーはサラダを頬張《ほおば》る良一達を見て目を丸くする。

「へえ、良一さんっていうのかい。いやね、ドレッシングっていうものを分けてくれたから味見させてもらっているのよ」

どうやらこの女性はマリーの母親だったらしい。彼女は立ち上がって再び厨房に行き、サラダを持ってきてマリーに渡した。

「マリーちゃんもドレッシングを使う？」

どことなく物欲しそうに母親の皿を見ているマリーに気づき、良一はドレッシングのボトルを手渡した。

「え、いいんですか？」

マリーは早速ドレッシングをサラダにかけ、一口食べるなり美味しいと驚いて、一気に平《たい》らげてしまった。

「このドレッシング（？）って、どこで売ってるの？」

良一が朝食を終えてのんびりしていると、少しだけ親しげにマリーが尋《たず》ねてきた。

「いや、多分どこにも売ってないと思うよ。美味しかった？」

「うん、凄く美味しかったです！」

「なら、これを一本あげるよ」

良一はアイテムボックスでドレッシングを増殖させてから一本渡した。

「保管する時は、涼《すず》しいところに置いて、一度開封したらなるべく早く使い切ってね」

「本当に!?　ありがとう！」

マリーの笑顔で充分に元は取れたと満足し、良一は席を立つ。

「さてと、木工ギルドに行ってこようかな」

「良一さんは木材を買いに来た行商人さんなんですか？」

「いや、身分証がなくてね。ひとまず木工ギルドに登録をしておこうかなって」

「そうなんだ……でも、木工ギルドの試験は力も技術も必要だから、難《むずか》しいよ。木こりの師匠《ししょう》の下で修業を積《つ》んでないとギルド員に認められないかも」

忠告ついでにマリーに木工ギルドの場所を聞いた良一は、案外骨が折れそうだと思いながらギルドの建物を目指した。

と言っても、宿屋と同じ通りにあるので、迷《まよ》う要素は一つもない。

「……ここか。三階建てはここだけだな」

木造三階建ての建物の横には大きな倉庫があり、たくさんの人が出入りしている。

良一が扉を開けて中に入ると、木の良い香りが漂《ただよ》ってきた。

「いらっしゃいませ、ご用件はこちらで伺います」

三つある受付のうち空《あ》いていた一つの窓口で係の娘が声をかけてきたので、良一は呼ばれた窓口で用件を伝えた。

「木工ギルドのギルド員になりたいんですけど」

「所属手続きですか。どなたか師匠からの推薦《すいせん》状はございますか？」

「いいえ、持っていないです」

「そうですか。では他のギルドのギルドカードを提出願います」

「すみません、他のギルドカードもないんです」

「そ、そうですか。ではこちらの書類にサインして少々お待ちください」

女性が後ろの男性職員に話しかけている間、良一は渡された紙に記名する。何気《なにげ》なく見回すと、木材の売買の手続きが行われていた。

「お待たせいたしました。ギルドに登録するには試験に合格する必要があります。また、試験費用として金貨一枚頂戴していますが、大丈夫ですか？」

「はい、大丈夫です」

良一は頷くと、書類の上に金貨を一枚置いた。しかし、受付の女性は受け取った紙を見て一瞬顔をしかめる。

「あの……こちらの文字はどこの国の文字でしょうか？　なんと読めばよろしいですか？」

「イシカワリョウイチと読みます」

女性は書類の欄外《らんがい》にさっと読み仮名を書き込むと、木札を差し出した。

「これは試験を受けるための受験札です、なくさないようにお持ちください。試験は今から行いますが、大丈夫ですか？」

「はい、どこに行けばいいですか？」

「この建物の横にある倉庫に行って、その受験札を職員にお見せください」

良一は女性に礼を言ってから隣の倉庫に向かった。

倉庫では筋骨隆々《きんこつりゅうりゅう》の男性がたくさん働いており、威勢《いせい》の良い声が絶《た》えず響いている。

良一は入口付近で佇《たたず》んでいた一人の男性に木札を見せた。

「あの、すみません、試験を受けたいんですけど」

「ん？　ああ、奥に髪のない爺《じい》さまがいるから、その人に聞いてくれ」

男が指差したのに反応して、老人は茶をすするのをやめて立ち上がった。

「君が紹介状なしで来た子だね、話は聞いておる。じゃあ、試験を始めるかいの。……ついておいで」

老人に連れられて倉庫の奥の扉から外に出ると、そこには丸太や角材など、大きな木材がゴロゴロ転がっていた。どうやらここが試験会場らしい。

「その木片をこの斧《おの》で割ってみてくれるかの」

老人はそう言って大きな斧を軽々と持ち上げて良一に手渡した。

しかし斧は予想外に重く、良一は足を踏ん張ってなんとか取り落とさないように持ちこたえる。

「お、重い……！　なんですかこの斧は？」

良一は歯を食いしばりながら問うが、老人は目を見開いたまま何も答えない。

返事は期待できなそうだと観念した良一は、正面に構えた斧の重さに逆《さか》らわず、ただまっすぐ刃を立てることだけに専念して振り下ろした。

スコン！　という軽快な音が響き、木片は真《ま》っ二《ぷた》つに割れた。

老人は良一の方を見て満足げに頷く。

「ほほう、上出来上出来。第一の試験は合格じゃな。次は第二の試験を行おうかの」

老人はそう言うと、今度は懐からノミと木槌《きづち》を取り出して良一に渡した。

「道具を使っていいから、丸太にこれと同じように加工してみてくれんか」

そう言って、老人は足元の太い丸太を指差した。

丸太の側面には長方形の穴がくり抜いてある。

「時間に制限はありますか？」

「まあ、今日中じゃのう」

老人はチラリと太陽の位置を確かめてそう答えた。

「道具は自前の物を使っても大丈夫ですか？」

「なんじゃ、持っておるのか？　なら構わんよ、今回の試験では道具は問わないからの」

そう言って老人は笑う。

そういうことならと、良一はアイテムボックスから電気工事に使っていた電動ドリルを取り出した。バッテリーは満タンまで充電してあるので、パワーは充分だ。

「ほう、お前さん、アイテムボックス持ちだったのかい。それに、なんじゃその道具は」

老人は見慣れない機械をしげしげと覗《のぞ》き込む。

「これは木材や金属に穴を空《あ》けるためのものです」

良一はビットセットから、太い径数《けいすう》の木工用のドリルの先端を選んで、穴空《あ》けを開始した。

丸太を横倒しにしてその上に跨《また》ってしっかり固定し、ドリルの刃を押し当てる。木工作業に慣れているわけではないので、回転数を抑えてゆっくりやっていこうと考えた。

ドリルはギュイーンと鈍《にぶ》い音を立てながら、たちまち丸太に穴を空《あ》ける。

「まさか〝魔道具〟でやるとはのう……初めてじゃわい」

あまりの速さに驚き、他の職員も聞き慣れない音を不思議に思って集まってきた。

良一の周りにはいつの間にか、見物人の人集《ひとだか》りができていた。

一時間を少し過ぎた頃には丸太の側面に大きな穴ができていた。あとはノミを使って形を整えるだけだ。良一が道具を持ち替えたところで、老人が止めた。

「もう充分じゃよ、大きな穴をこんな短時間で空《あ》けたんじゃ、文句のつけようがない。試験は合格じゃ」

老人がそう告げると、周りの見物人から拍手《はくしゅ》が湧き起こった。

良一はペコペコと頭を下げながら、老人に先導されて木工ギルドの中に入った。

「カローナちゃん、試験は合格じゃ。ギルドカードの発行手続きをしておくれ」

「は、はい、分かりました。すぐ準備をします」

先ほど良一の対応をした受付の女性が、慌てて立ち上がって奥へと引っ込んだ。

「さてお若いの、名前を教えてもらえるかな」

「石川良一です」

「ほう、音の感じからすると……東の方の人かのう。遠いところからご苦労じゃ」

そう言って、老人は〝関係者以外立ち入り禁止〟と書かれた扉を開けた。

「ほれ、早くおいで」

老人に急《せ》かされて、良一は小走りで扉の奥へと向かう。

老人はそのまま廊下を抜けると〝ギルドマスター〟と書かれた部屋に入った。

「さて、ギルドカードが届くまで少し説明をしよう。遠慮《えんりょ》せずに掛けてくれ。そういえば、自己紹介がまだだったか。ワシはイーアス村の木工ギルドのギルドマスターをしているコッキスじゃ」

この老人がギルドマスターらしい。

良一がテーブルを挟んで対面のソファーに腰を下ろすと、コッキスはしみじみと口を開いた。

「しかし、まさか魔力を使わずに試験に合格するとはのう」

「珍しいことなんですか？」

「ああ。最初の試験は、あの重い斧を振るえるだけの力があるかという試験じゃったんじゃが、通常なら肉体強化の魔法を使ってクリアするもんなのじゃがのう。石川君はフラフラしてたが、己の力だけで斧を振って薪《まき》を割ったから驚いたぞ。それに、第二の試験は道具に魔力を込めて木をくり抜けるかどうかの試験でな。通常じゃったら魔力を効率よく使えるかを測《はか》るんじゃが……あんな道具は初めて見た」

どうやら良一は普通とは違う方法で試験を突破したようだった。

「石川君は冒険者でもやっておったのか？　ギルド員の下で修業した者を除《のぞ》けば、あの斧を肉体強化なしで振るえるだけのステータスを持っている者はまずいないからの」

「そうなんですね。冒険者ではありませんが、モンスターを倒してレベルが上がったからかもしれません。自分では普通だと思っていたのですが……」

ギルドマスターと会話していると、扉をノックして受付係のカローナが部屋に入ってきた。

「ギルドマスター、ギルドカードをお持ちしました」

「ご苦労じゃのう。テーブルに置いておくれ」

良一の目の前のテーブルに、黒いカードが置かれた。

「これが、君のギルドカードじゃ。名前を確認してくれ」

ギルドカードには、漢字とこちらの世界の文字の二種類で〝石川良一〟と書いてあった。

「はい、大丈夫です」

「では、ギルドマスターの権限《けんげん》で石川良一君を木工ギルドの一員と認める」

コッキスが良一のギルドカードに触れながらそう言うと、ギルドカードは薄く光った。

「これで、全大陸の木工ギルドに君の登録が伝わって、木工ギルド員としての特典が受けられる」

「そうなんですか」

「それで、石川君は木工ギルドについてどのくらい知っている？」

「えっと……木を伐採《ばっさい》して木材にして売るところ……ですか？」

「まあ、大雑把《おおざっぱ》に言えば合っておる。だが、それだけじゃない。ギルド員が伐採した木材には、森と木材の神ヨスク様の加護《かご》がつくんじゃよ」

「ヨスク様の加護ですか」

「最初に持ってもらった斧も実はゴッドギフトでの。ヨスク様が認めないと触れることができんのじゃ。資格がない者は斧を持つこともなく試験は終了じゃ。君は少なくともそれを持てたんじゃから、素質はある」

「はあ、ありがとうございます」

「ヨスク様の加護がついた木材は頑丈《がんじょう》になるから、家を作ればオークの突進にも耐えられるという代物《しろもの》じゃ。他にも色々と、ギルド員以外が伐採した木材とは違うんじゃよ」

コッキスはそんな調子で良一に長々と説明を聞かせた。

木工ギルドの特典には、次のようなものがある。


一．ギルド員が伐採《ばっさい》した木材は、ギルド員以外が伐採した木材の二倍の値段で買い取られる。

二．ギルドの店舗《てんぽ》や提携《ていけい》店では、斧や鉈《なた》などの道具を約半額で買うことができる。

三．他のギルドで登録を行う際に特典を受けられる場合がある。


「その他のギルドでの特典ってなんですか？」

説明を聞いた良一が首を傾げる。

「そうじゃのう、たとえば……冒険者ギルドではEランクから登録できたり、商人ギルドでは最初から店舗での商売が認められたり、といったところじゃのう」

「なるほど、分かりました」

「他に聞きたいことはあるかの？」

まだ聞きたいことはあったが、コッキスの話は長そうだと判断し、良一は首を横に振った。

「そうかい、じゃあこれで終わりじゃ。ギルドカードはなくさないように」

「ありがとうございました」

そうして、ギルドマスターの部屋を後にした良一は、再びカローナのカウンターに立ち寄った。

「すみません」

「ああ、石川さん。まさかこんなにあっさり試験に合格するとは思いませんでしたよ。おめでとうございます」

「どうも。ところで、斧とか鉈《なた》はどこに行けば買えるんですか？」

「ああ、それなら二件隣のドドスさんの鍛冶屋で売ってますよ。木工ギルドの提携《ていけい》店なんです」

「ありがとうございます」

「早速、木を伐採しに行くんですか？」

「ええ、斧とか持っていなくて。それに、武器になるものも何か欲しいですし」

「そうなんですか、だったら、斧は二本必要ですね。木を切るためのものが一本と、モンスターを倒すためにもう一本。ちゃんと使い分けないと木材に加護がつかなくなるので、気をつけてください」

カローナはそう言って、指を二本立てて良一の前に突き出した。

「分かりました」

良一はカローナに礼を言うと、木工ギルドを出て鍛冶屋に向かった。

鍛冶屋は木工ギルドと比べると小さな建物で、平屋《ひらや》の木造と石造りの店構えだった。

「いらっしゃい、好きに見てくれ」

扉を開けると、店主が威勢の良い声で出迎えた。

店の中は綺麗に整頓《せいとん》されており、お目当ての斧以外にも各種木工道具、鍋などの日用品まで様々な物が並んでいた。

店主らしき親父《おやじ》はカウンターの奥から動かず、腕を組みながら黙《だま》って良一に視線を向けている。

彼がこの店の鍛冶師も兼《か》ねているのか、腕は逞《たくま》しく、椅子に座っていても体格の良さが分かる。良一は少し気後《きおく》れしながらも、店主に話しかけた。

「あの、木工ギルドで紹介されてきたんですけど」

「お前さん、そんな身なりでギルド員なのか。若いのに大したもんだな」

良一が貰ったばかりのギルドカードを見せると、店主の態度が少し柔《やわ》らかくなった。彼は組んでいた腕を解《と》くと、気さくに話しかけてくる。

「この村の住人以外だと冷やかしが多くてな。その手の連中にはいい印象がなくて、ついつい睨《にら》みを利《き》かせちまった。この辺の者は大抵近くのドワーフの里に買いに行くんだよ。だが、俺もドワーフの里で十年程修業してきたからな、老ドワーフの匠《たくみ》の技には敵《かな》わないが、そこそこの品物を作っている自負《じふ》はある」

さっきまでは寡黙《かもく》な職人という印象だったが、よく喋《しゃべ》る親父のようだ。

「それで、何を探しているんだい」

「実は、ほんの数十分前にギルド員になったばかりでして。木を切るための斧がないんですよ」

「なんだ、まるっきり新人だったのか。誰に師事《しじ》してるんだ？　ギオさんか、それともヨートさんのところか？」

「えっと、師匠はいないんです。だから木こりの道具一式が欲しくって」

「お前さん、誰にも師事せずにギルド員になったのか、そりゃ凄い。これは大物になりそうだな、名前はなんて言うんだ？」

「良一です。石川良一といいます。よろしくお願いします」

「良一が名前か？　良い名前だな。俺はドドスだ。よし、装備《そうび》一式となりゃあ奥からも品物を持ってくるから、少し待ってろ。とりあえず、斧はその辺にあるから見ていてくれ」

ドドスはドシドシと足音を響かせて店の奥に歩いて行った。

「どんな斧が良いのかな」

良一は勝手が分からないながらも、置いてある斧を手に取り、重さや握《にぎ》りやすさを比べた。

手斧のような小さな物もあれば、巨大な両刃の斧もある。いずれも装飾《そうしょく》はほとんどなく、実用性を重視しているのが窺える。

「予算はいくらあるんだ？」

戻ってきたドドスが良一の背後から声をかけた。

「予算は充分あると思います。親父から自分の扱える技術の中で一番良い道具を使えって教わったんで、なるべく良い物をください」

「そうか、そうだな……品質の良い道具を一式揃《そろ》えるなら、ギルド員で半額だから、ざっと見積もって金貨四十枚くらいになるが」

「それなら大丈夫です」

良一がそう答えると、ドドスは棚《たな》から一本の斧を手に取って良一に差し出した。

「木を切るなら両刃の両手斧が良いな。両手で握れて力も入れやすいし、固さの違う木に対応できる。その他に細かく枝を落とすなら軽い片刃の片手斧、モンスターと戦うための斧なら丈夫で柄《え》の長い斧がいい。持ち手の部分である程度長さを調整できるからな」

「なるほど。斧以外には何か必要な物はありますか？」

「あとは、木を切断するための鋸《のこぎり》や、藪《やぶ》を払ったり薪を割ったりするための鉈、木を倒す時に使う杭《くい》や、それを打ち込むハンマーだな」

「防具のような物はないんですか」

「そうだな、木こりの作業を邪魔しない程度の防具なら、軽くて丈夫な軽鉄《けいてつ》を仕込んだ革ベストがおすすめだ。あとは森の中を歩くから、鉄板で補強《ほきょう》したブーツや脛当《すねあ》てを準備した方が良いかもな」

良一はドドスの話を聞きながら必要な品を選んでいった。

「防具類は割引きできないが、良いんだな？」

「はい、それでお願いします」

「おう、全部で金貨三十一枚だ。両手斧が金貨八枚、片手斧が金貨五枚、鉈が金貨二枚、革ベストが金貨七枚、脛当てとグローブがそれぞれ金貨四枚、杭が二十本で金貨一枚だな」

「じゃあ、これで」

良一はアイテムボックスから金貨を取り出してカウンターの上に置いた。

「アイテムボックス持ちだったのか、そりゃあ木が運びやすくて良い。買った道具の持ち帰りも心配いらないな。あと……いっぱい買ってもらったから、これはおまけだ」

ドドスはそう言って、良一にペンダントを渡した。

「土属性の魔石を細工《さいく》したペンダントだ。つけていれば少しだけ防御力が上がるから、モンスターに襲われた時のお守りにでもしてくれ。細工はあまり得意じゃなくて、売り物にはしてないんだが、出来が良い物は馴染みの客に渡しているんだ」

良一はペンダントを首から下げて、買ったものはアイテムボックスに収納した。

「ありがとうございます。また来ます」

「おう。斧や道具の手入れもしてやるから、気軽に寄ってくれ」

店の外に出ると、いつの間にか夕方になっていた。

「急いで帰らないと。また晩飯を食べ損《そこ》ねたらひもじくなる」

昼食をとっていなかったことを思い出して、良一のお腹が鳴った。

良一は足早に森の泉亭に戻ったのだった。

◆◆◆

翌日、目を覚ました良一が廊下に出ると、昨日と同じように宿屋の娘のマリーが掃除をしていた。

「おはよう、良一さん。お母さんから聞いたよ、木工ギルドのギルド員になったんだね。凄い！　まさか本当になれるなんて」

マリーは手をぶんぶん振って興奮している。

「まあ、運が良かったのかな」

マリーもちょうど掃除を終えたところのようなので、二人で一緒に朝食をとることにした。

「おはようございます。石川様」

階段を下りると、カウンターに立っていた宿の主人が挨拶をしてきた。彼はマリーの父であり、食堂の女将《おかみ》の旦那とのことである。

「おはようございます」

「昨日は家内と娘がドレッシングなるものを頂戴したそうで、ありがとうございました。お客様にねだった形になってしまい、申し訳ございませんでした」

しきりに頭を下げる主人に、良一は困惑《こんわく》の表情で首を横に振る。

「いやいやそんな、大げさです。ドレッシングなんて安いものですから、頭を下げられても……」

「そうだよ、お父さん。良一さんも困っているよ？」

「マリッサ！　お客様は友達じゃないんだぞ、必要以上に馴《な》れ馴れしくするんじゃない。宿屋の従業員ということを忘れないように」

「もう！　お父さんこそお客様の前で説教をしないでよね。さ、良一さん行きましょう？」

主人の説教は続いていたが、マリーは意に介《かい》さず良一の背中を押してその場から逃げ出してしまう。

　食堂に入ると、マリーの母が二人を出迎えた。

「おはよう。あら、マリーも一緒かい？　朝食の準備をするから、席で待っていてね」

　女将はすぐに厨房に入って、朝食を手にして戻ってきた。

「お待たせ」

　昨日と同じ木の大皿に料理が載っていたが、サラダにはすでにドレッシングがかけられていた。

「昨日貰ったドレッシング、本当に美味しいね。複雑《ふくざつ》な味で、どうやって作るのかさっぱり分からないよ」

　女将はマリーと自分の皿も運んできて、良一の近くの席に腰を下ろした。

「良一さん、今日はどうするの？」

　早速サラダを頬張りだしたマリーが聞いた。

「そうだなあ……村の中を見て歩こうかな」

「そっか、それならコクンさんの本屋とか、ドドスさんの鍛冶屋なんか見てきたらいいかも。ナシルお姉ちゃんの雑貨屋さんは、男の良一さんにはちょっと合いそうにないしね」

「鍛冶屋には昨日行ったから、その本屋に行ってみるよ」

　マリーと良一の会話に、女将も加わってきた。

「この村には木こりの師匠さん達がいるからね。その師匠さん達の所で技術を学んでみるのもいいんじゃないかい？　普通はそうやって弟子《でし》入りして技術を学んでから、木工ギルド員になるんだよ」

「オススメの師匠さんはいるんですか、女将《おかみ》さん」

良一が聞くと、女将は笑いながらバシバシと良一の肩を叩く。

「いやだよ、女将さんだなんて。気軽にルティアって呼んでおくれよ」

「はい、ルティアさん」

「有名な木こりのお師匠さん達は顔見知りだけど、誰が良いかは分からないねえ。そういうのはドドスさんに聞いた方が確実だよ」

「分かりました」

そうこうしているうちに朝食を食べ終えた良一は、ルティアに厨房を貸してもらえないか尋ねた。

「おや、朝食の量が足りなかった？」

「いえ、昼ご飯用の弁当を作ろうと思って」

「普段は貸さないんだけど、石川さんなら良いよ」

許可が出たので、良一は早速厨房に足を踏み入れた。昼食の用意を口実《こうじつ》に、主神から支給された弁当箱に中身を入れてみたかったのだ。

「これって竈《かまど》だよな、どうやって使うんだ？　当たり前だけど、ガスコンロなんかないか」

厨房には大小二つの竈と、大きな水瓶《みずがめ》が三つ並んでいた。その他には真ん中に大きな調理台があり、鍋や包丁、まな板などの調理器具がいくつか並んでいる。

とても質素な厨房だった。

「それで、何を作るんだい」

ルティアに尋ねられた良一は〝竈の使い方が分からないのでやめます〟と言うわけにもいかずに口ごもる。

「え、えーと……そうですね、故郷の料理を作ろうかと」

仕方がないので、厨房の道具は使わずに、日本から持ってきた道具で済ませることにした。

「包丁とまな板、水はあるから、必要なのは……カセットコンロにガス缶、ボウルにフライパンと。……食材はこんなものか」

良一は必要な物をアイテムボックスからドンドン取り出して、調理台の上に並べていった。

「随分たくさん道具を使うんだね？」

ルティアとマリーは良一が積み上げていく道具や食材に興味津々《きょうみしんしん》の様子で作業を見

守った。

日本で暮らしていた頃、良一は父親と家事を折半《せっぱん》していたので、一通りの料理はできる。工事現場で食べる弁当も、毎朝のように父親と自分の二人分作っていたから、手慣れたものである。

しかし、米を炊《た》こうにも炊飯器《すいはんき》の電源はないし、竈を使う方法も分からない。どうしようかと悩《なや》んだ結果、レトルトのご飯を湯煎《ゆせん》することにした。

同時進行でおかずも調理していく。だし巻き卵にケチャップで炒《いた》めたウインナー、彩《いろど》りをつけるためにレタスとミニトマトを並べる。最後はボウルに酒や醤油《しょうゆ》などの調味料、チューブ入りの生姜《しょうが》を目分量で投入し、それで肉に下味をつけて焼き、メインの生姜焼きが完成した。

「どれもこれも、美味しそうだね」

「たくさん作りすぎちゃったんで、よかったら味見してください」

良一が勧《すす》めると、ルティアとマリーは弁当箱に入りきらなかった分のおかずをつまみはじめた。

「美味しい！　どれもこれも美味しすぎる。お母さんの料理なんて比べものにならないよ」

「悔《くや》しいけど、本当に美味しいねえ。良一さんは料理ギルドの上級ギルド員なのかい？

短時間でここまでの料理を作るなんて」

どうやら良一の大雑把な手料理でも充分に喜んでもらえたらしい。


「それじゃあ行ってきます」

宿屋の入口で見送るマリーに挨拶し、良一は本屋さんを目指す。

木工ギルドやドドスの鍛冶屋を通り過ぎた先に、こぢんまりした本屋の建物があった。

「こんにちは」

「いらっしゃいませ、どうぞ見ていってちょうだいね」

店内に入ると、頭に猫の耳がついた小柄なお婆《ばあ》ちゃんが座っているのが見えた。猫耳は彼女の呼吸に合わせて時折動いているので、偽物《にせもの》というわけではなさそうだ。

店主は穏やかな、落ち着く声音で良一に声をかけた。

「お客さんは、どんな本をお探しですか？」

「魔法について書かれた本が欲しいのですが」

「魔法に関する本ですか……あまり品揃《しなぞろ》えのよくない店ですからねえ。確か、そこの本棚の一番上の段に王都の魔法学園で使われている教科書と参考書があったはずよ。卒業生さんがもう読まないって言うから、売ってもらったの」

店主が指差した場所を目で追うと、確かに魔法関連の書籍があった。

「教科書と参考書。それに火と水と風と土の初級魔法一覧がありますね。あとは……闇の上級魔法書ですか？」

上級ということは、それなりに強力な魔法も載っているのではないかと考え、良一は手に取ってパラパラとめくってみた。

「それは教科書を売ってくれた卒業生さんが一緒に売ってくれたものよ。珍しがって手に取ってくれる人は多いけど、物が物だけに結局誰も買わないのよね。それに、教科書や参考書は魔法を使える人には当たり前すぎて、案外欲しがる人がいないの。買ってもらえるなら少しおまけするわよ」

「これ全部でおいくらですか？」

良一がそう聞くと、店主さんは、ちょっと待ってねと言って計算を始めた。

「……そうね、七冊で、全部合わせて金貨五十枚でどうかしら？」

昨日鍛冶屋で買い揃えた装備の代金よりも高い値段で少し驚いたが、いかにも貴重《きちょう》そうだし、印刷技術が普及《ふきゅう》していないなら本が高価になるのは仕方がないと考え、結局買うことにした。

「じゃあ買います」

「あら、随分お金持ちなのね」

店主はニコニコと笑みを浮かべながら、良一がアイテムボックスから取り出した金貨を数えた。

「金貨五十枚、確かに……。ありがとうございました」

そう言って彼女が手をかざすと、良一が持っていた本が一度光った。

聞けば、本にかけられていた盗難《とうなん》防止の魔法を解いた証拠らしい。

「いろんな魔法があるんだなあ……」

良一は感心しながら本屋を後にした。

「さてと、次はドドスさんの店に寄って木こりのお師匠さんの情報を聞こうかな」

本をアイテムボックスに収納して、来た道を戻った良一は鍛冶屋の店内を覗き込んで声をかけた。

「こんにちは、ドドスさん」

「うん？　ああ、良一か。どうした、もう昨日の装備を壊《こわ》したってんじゃないだろうな？」

ドドスはちょうど奥から出てきたところで、少し怖《こわ》い顔で良一に詰め寄ってきた。

「違いますって！　今日は木こりのお師匠さんを紹介してもらえないかと思って来たんです」

「木こりの師匠か、それなら今からその一人の工房に、頼《たの》まれていた斧とハンマーを届けに出ようと思っていたところだ。一緒に行くか？」

「ぜひ、お願いします」

良一はドドスに連れられて木こりの師匠の所に向かった。

辿り着いたのはイーアス村の入口近くにある大きな工房。ドドスは声を張り上げて挨拶すると、返事を待たずに中に足を踏み入れた。

「こんにちは、ドドスです。注文の品をお持ちしました」

工房の中では数人の男性が木材を加工していた。

「お疲れ様です。師匠は奥に居ますので呼んできますね。それまで椅子にお掛けになってお待ちください」

一人の若い男性が立ち上がり、工房の奥へと入っていった。

二人は勧められた立派な木の椅子に並んで腰を下ろす。

ドドスが、作業を続ける男性の様子を見ながら口を開いた。

「良一、ここがイーアス村で腕の立つ木こりの一人、ギオさんってお師匠さんの工房だ。お弟子さんを何人も育てている。この人は頑固《がんこ》だが弟子の面倒をしっかり見てくれるから、木工ギルドでも評判が高い」

良一が興味深げに辺りを見回していると、工房の奥から一人の老齢《ろうれい》の男性がやって来た。

顔にしわは刻《きざ》まれているが、筋肉に覆われた腕は太く、背筋もピンと伸びていて若々しい。

どうやらこの老人がギオのようだ。

「わざわざ届けてもらってすまんな」

「いつも贔屓《ひいき》にしてもらっていますからね」

ギオがどかっと椅子に座ったところで、ドドスは持ってきた袋《ふくろ》から布に包まれた斧やハンマーを取り出して机の上に並べた。

「どれ、確認させてもらうぞ」

老人は布を外《はず》して斧やハンマーを一つずつ手に取って、しっかり確認を行なっていく。

「確かな仕事だ。また腕を上げたな」

ギオは斧を机に置くと、一つ頷いてニヤリと口角《こうかく》を上げた。

「これで注文の品は全部納めましたよ」

「代金は弟子に持ってこさせるから、茶でも飲んでいってくれや。それで、隣のお兄さんはどちらさんだ？」

ギオが良一に目を向けながらドドスに尋ねる。

「こいつは良一っていうんだ。昨日木工ギルドのギルド員になったばかりだそうだ」

「おお、お前さんが異例づくしの新人か。弟子達から話は聞いている。試験の突破の仕方が随分異様《いよう》だったらしいが、さっぱり要領《ようりょう》が分からなかったんで、一度会ってみたいと思っていたところだ。そうかそうか、お前さんがその良一か。よく来たな」

「知っているなら話が早い。良一は木工ギルドのギルド員になったんだが、木こりのお師匠のもとで修業を行なっていなくてな、このままじゃあ問題が起きそうで心配なんだ。どうだい、ギオさんのところでこいつに知識や技術を仕込んでやってもらえないか？」

「そういうことか。ギルド員になれたんなら、少し教えれば大丈夫だろう。それで、良一は俺のところで修業をしたいのか？」

「はい、ぜひ御教授《ごきょうじゅ》いただきたいです」

良一が答えると、ギオは膝《ひざ》をポンと叩いてから大きく頷いた。

「よし分かった。装備はあるのか？」

「ああ、昨日俺の店で一式揃えたところだ。心配ない」

「なら大丈夫だな。昼飯を食べたら木を切りに行こうと思っていたところだ。一緒に来い」

あれよあれよという間に話は進み、良一はギオのもとで修業することになったが、仕事について学ぶ良い機会ではあるので、素直《すなお》に従《したが》った。

ドドスは〝頑張れよ〟と言い残して鍛冶屋に戻っていった。

「ところで、お前さんが試験で使ったっていう道具を見せてもらえるか？」

出かける準備をしている弟子達を横目に、ギオが良一に声をかけた。

「良いですよ」

良一はアイテムボックスからドリルを取り出して、端材《はざい》に穴を空《あ》けてみせた。

「なるほど、これがその魔道具か。確かに、木材の加工には役に立ちそうだ」

ギオは良一にドリルの使い方を教わると、先を回転させながら感触を確かめてから返した。

「良一、昼飯はどうする？　無ければ用意させるが」

「自分で作ってきた弁当があります」

「そうか。なら一緒に食べよう。改めて弟子達を紹介する」

ギオはそう言って良一を奥のダイニングに連れて行った。

そこではちょうど弟子の一人が食器を並べているところだった。

「師匠、昼飯の準備ができました。お客さんの分も必要でしたか？」

「いや、自分の分は用意してきたそうだ」

「そうですか。どうぞお掛けください。すぐに料理をよそってきます」

しばらく待つと、木材伐採の支度《したく》をしていた弟子も合流して食卓を囲んだ。

「師匠、準備が終わりました。いつでも行けます」

「今日の飯は何かな」

全員揃ったところで、ギオが良一を紹介した。

「お前ら、少しの間だが一緒に修業をすることになった良一だ。午後の伐採にも一緒に行くから、色々教えてやってくれ」

「あ、やっぱり昨日ギルドにいた人だよな？　よろしく、俺はファースだ」

「ファースが言っていた人だね、セカスです」

「トラスです。よろしく」

三人は兄弟で、五年前に同じタイミングでギオに弟子入りしたそうだ。長男のファースはギオに腕を認められているが、弟のセカスとトラスはまだまだといったところらしい。

「他にも弟子はいるが、午後の伐採に一緒に行くのはこの三人だ」

食事を終えると、良一は電気工事の際に着ていた作業着と安全靴に着替えて、その上からドドスの店で買った防具を取り付けた。斧などは重いのでアイテムボックスに入れたまま運ぶ。

村を出てしばらく森を歩いた先で、ギオ達は足を止めた。各々《おのおの》荷下《にお》ろしして伐採の準備に取りかかる。

「今日は一人一本、四本切るつもりだったが、良一にも切ってもらうから、全部で五本だな。お前ら、手本を見せてやれ」

ギオの合図で、ファース達が一斉に動き出す。

それぞれ自分の斧を取り出して幹《みき》に切れ込みを入れていった。どの木も幹は太く、伐採には時間がかかりそうだ。

三人の作業を見守りながら、ギオは受け口や追い口など、斧を使った伐採の方法を説明した。

「気をつけろ、倒れるぞ！」

しばらくして、注意を促すギオの声が響いた。

間を置かず、ファースが作業していた木がメキメキと音を立てて倒れる。

「早いですね」

「ファースはもうギルド員登録に行っても良いくらいなんだが、セカスとトラスと一緒にギルド員になるんだと言って保留している」

ギオはそう言って三兄弟に温かい目を向けた。

「よし、余分な枝を落としておけ！　良一はこっちにこい」

ギオに指示されて、良一は次の木に移った。

「良一、今度はお前がやってみろ」

ギオはそう言うと腕を組んで良一の背後に立った。

ファース達が伐採している間に聞いた説明通り、見よう見まねでやってみることにした。

「足の裏に魔力を込めて、地面に体を固定すると良いんだっけ」

初めてのことで最初はぎこちなかったが、教わったとおりに実践《じっせん》していくと、徐々に斧の扱いにも慣れてきた。レベル上昇で力が増しているからか、思っていたよりも簡単に切り口が広がっていく。

「ほう、これまた簡単に。さすがはギルド員になっただけはある」

ほどなくして、良一もファース達と比べると細かったが木を切り倒した。

「よし、いい具合だ。小さい木だが問題なく伐採できたじゃないか。初心者の働きではなかったぞ。しかしこれではあまり教えることがないな。まあ、木を切る基本技術をすぐに身につけたのだから、それに文句を言ってはいかんがな」

ギオは良一の技術習得の早さを褒めながらも、少し残念そうな顔をした。

あとは技術を見て盗《ぬす》めとのことで、最後に良一達は、ギオが今までで一番太く立派な大木を伐採するところを見学することになった。

「じゃあ、始めるから、少し離れて見ていろよ」

ギオはそう声をかけると足をグッと踏み込み、凄い速さで大木に登っていった。

手際《てぎわ》の良さは初心者の良一とは比べるまでもなく、太い枝がドンドン切り落とされていく。

「速いですね」

「そりゃあ、この道三十年のお師匠さんだからな」

感心する良一の隣で、ファースは師匠を誇って自分のことのように胸を張った。

それから地上に下りたギオが幹に斧を入れはじめると、あっという間に木が傾きだした。

「倒すから気をつけろよ」

さあいよいよ木が倒れるというところで、ギオは足で地面をトントンと踏んだ。すると、地面が隆起《りゅうき》して、傾く大木の幹を受け止めた。

「凄い！」

「ああすると衝撃《しょうげき》が和《やわ》らげられるから、傷が少なく、安全に倒すことができるんだ。けど、土魔法が得意でないと難しいし、それに、凄く魔力を使うから大変なんだよ」

ギオが作った隆起は徐々に小さくなり、やがて大木は静かに地面に横たわった。

「よし、今日は終わりだ。村まで運ぶぞ」

ギオの指示で全員撤収《てっしゅう》作業をはじめる。

それぞれ自分が伐採した木を運ぶ手筈《てはず》だったが、良一がアイテムボックスに木が入るか試《ため》したところ、自分の分だけでなく他の四本も余裕で収納できたので、全員分まとめて運ぶことにした。

「アイテムボックス持ちだとは知っていたが、一度に五本も収納できるとは、大したものだ！　これなら運搬《うんぱん》効率が段違いになる。どうだ、これからも一緒に木こりをやらないか？」

「お言葉はありがたいのですが、もっと色々な場所を見て回りたいと思っているので……」

「それは残念だ……。お前なら良い木こりになれると思ったんだがなあ」

その後もギオは熱心に誘ったが、良一は固辞《こじ》して五人は帰路《きろ》に就《つ》いた。

「それにしても、森を歩いているのに全然モンスターに襲われないですね」

イーアス村への道中で何度も戦闘したことを思い出し、良一が呟《つぶや》く。

すると、ファースが腰に下げている袋を見せてきた。

「レッサーウルフなんかは、この魔除《まよ》けの香《こう》をつけていれば大丈夫だよ。冒険者は、獲物《えもの》が少なくなるって言って使わないけど、俺達木こりにとっては木を運んでいる最中にモンスターに襲われたらたまったもんじゃないからな」

良一が手に取って匂いを嗅《か》ぐと、かすかに鼻をつく煙《けむ》たい匂いがした。人間にはそれほど不快ではないが、魔物の類《たぐい》が嫌《いや》がる成分が入っているのかもしれない。

「邪魔するぞ」

イーアス村へと帰った一行はその足で、村の入口付近にある木工ギルドの第二倉庫に寄った。

ギオが先頭で中に入ると、眼鏡をかけた体の大きな男性が応対に出た。

「連絡は受けていますので、伐採した木を納めてもらえますか」

「分かった。良一、ここに出してくれ」

良一がアイテムボックスから取り出した木を指定された場所に置くと、男性や周りの職員達が驚いて集まってきた。

「新しいお弟子さんですか？　大容量のアイテムボックスをお持ちなんですね」

「こいつは昨日木工ギルドのギルド員になった奴だ。話は聞いているだろう？」

ギオがそう言うと、眼鏡の男性をはじめ、一部の職員がざわついた。

「ああ、ギルドマスターが言っていた期待の新人ですね！　これは初めまして。イーアス村の木工ギルドの副ギルドマスターを務《つと》めているモクスと申します。どうぞよろしくお願いいたします」

モクスの丁寧な挨拶を受けて、良一も頭を下げる。

「石川良一です。よろしくお願いします」

ひととおり挨拶が終わったので、モクスは伐採してきた木を査定《さてい》しはじめた。

「どれも状態が良いですね。太さも密度も申し分ない。代金は伐採してきた人達に個別に渡しますか？」

「ああ、そうしてくれ」

「では順番に、ファースさんが金貨五枚、セカスさんが金貨三枚、トラスさんが金貨二枚、良一さんが金貨二枚、ギオさんが金貨二十枚。以上の金額でいかがでしょう？」

「それで頼む」

「査定書類を発行しますので、ギルドの受付で代金を受け取ってください」

モクスから書類を受け取ると、一行は第二倉庫を後にした。

「良一は今回が初仕事だったんだろ？　なら祝賀会だな。トラス、お前は酒場に行って祝賀会をすると伝えてこい。今日は俺の奢《おご》りだ」

ギオがそう言うと、弟子達から歓声が上がる。

「お、やった！　すぐ行ってきます！」

嬉しそうに駆《か》けていくトラスを見送りながら、セカスは酒を飲むのが待ちきれない様子で良一の肩を軽く叩く。

「この村で作った酒は、良い匂いの木材で作った樽《たる》で熟成《じゅくせい》させてるから、評判がいいんだぜ」

「それは楽しみですね。じゃあ、俺は一度宿に寄ってから合流します」

「おう、また後でな」

ギオ達と別れた良一は森の泉亭に戻って、夕飯が不要になったと伝えることにした。

宿に戻ると、受付にはルティアが立っていた。

「あら、おかえりなさい。随分時間がかかったわね。どこに行っていたんだい？」

「本屋に寄ってから、ドドスさんに紹介された木こりの師匠と一緒に森へ木を切りに行っていたんです」

「それは疲れただろう」

「ええ、まあ。それで、夜はギオ師匠達と飲みに行くことになったので、今日の晩御飯はいらなくなりました」

「わざわざ知らせに来てくれるなんて律儀《りちぎ》だね。じゃあ、夕飯は作らないでおくよ」

「それと、宿泊日数を延長できますか」

「もちろん大丈夫だよ。何泊延長する？」

「じゃあ、一週間で」

「はいはい、それじゃあ宿泊料金が銀貨四十九枚で……ご飯はどうする？　今朝《けさ》みたいに自分で料理をするならそれでも構わないよ。薪が必要なら一回銅貨四枚ってところだね」

「薪は使わないので場所だけお借りしたいです。朝食は作ってもらえますか？」

「はいよ。台所だけなら一回銅貨二枚でいいかな？　銀貨が追加で七枚に、銅貨が十四枚だから……うーん、もう銀貨五十枚でいいよ」

ルティアは紙を使って計算を始めたが、面倒になって投げてしまった。

「いや、金貨五枚と銀貨七枚、銅貨四枚じゃないですか？　払いますよ」

「あら、計算が速いんだね。じゃあ今日の晩御飯代とこの前もらったドレッシングの分をおまけして、端数《はすう》は銀貨五枚でどうだい？」

「じゃあそれで」

良一はルティアの提案に従って金を支払った。

「はいよ、確かに」

部屋に荷物を置いて宿を出た良一は、ギオの工房に行く前に、木工ギルドで木材の代金を換金することにした。

「いらっしゃいませ。あ、石川さん。本日はどのようなご用件でしょうか」

受付のカローナは査定書類を受け取ると、カウンターの下から代金を取り出した。

「はい、金貨二枚です。早速木を伐採してきたんですね。一人で行ったんですか？」

「ギオ師匠に連れて行ってもらいました」

「ギオさんですか～。村でも指折りの優秀《ゆうしゅう》な木こりの一人ですよ。あ、噂《うわさ》をすれば……」

お金を受け取ったところで、ギルドの扉が開き、ギオ達が入ってきた。

随分大人数だが、ギオにファース達兄弟の他に、他の弟子も加わっているらしい。

「おお、良一も換金しに来ていたのか。俺達もすぐに終わらせるから待っていろ。一緒に酒場に行こう」

手続きを終えた良一達は、大所帯《おおじょたい》で酒場に繰り出したのだった。

「それじゃあ、良一の木工ギルド入りと初めて木を伐採した記念に、乾杯《かんぱい》！」

「乾杯！」

景気の良いかけ声とともに、グラスを合わせる甲高《かんだか》い音が酒場に響く。

ギオと弟子達は早速盛《も》り上がり、元はと言えば身分証を手に入れるために他に選択肢がなくて木工ギルドに入った、などとは言えない状況になってしまった。

それでも別段困りはしないので、良一は久しぶりに大人数で飲む酒を堪能《たんのう》しようと決めた。

「結構イケる口だな、良一」

酒を飲みはじめて一時間は経っただろうか、一緒に飲んでいる面々も良い感じに酒が回ってきた。

「ところで、良一はこれからどうするんだ？」

赤ら顔のギオが、改まって聞いてきた。

「色々と知らないことも多いので、世界を見て回ろうかと思っています」

「やはりここで一緒に木こりをやっていく気はないみたいだな。そういえば、イーアスの森の奥にある〝巨兵の祠《ほこら》〟には行ったか？　この村じゃあ、そこに行ってくることが一人前の証《あかし》になるんだ」

巨兵の祠……その言葉は良一の心を大いにくすぐった。

「そこまで森の奥に行くと魔除けの香でも効果がなくなるから、腕に自信がないなら良一も一人では行くなよ。村の男達は同年代の奴らと一緒に行くからよ」

その後も酒を酌《く》み交わし、色々な話をして、楽しい夜は更《ふ》けていった。

◆◆◆

「頭がボーッとしている。まだ完全には酒が抜け切っていないな……」

宴会の翌日、良一が顔を洗いに部屋から出ると、マリーの元気な笑顔が迎えてくれた。

「おはよう、マリーちゃん」

「おはよう、良一さん。今日も木を切りに行くんですか？」

「いいや、今日は休みになったんだよ」

昨晩しこたま飲んで酔《よ》い潰《つぶ》れたギオは、ファースに抱《かか》えられながら店を出て行った。

セカスが言うには、ギオは酒が好きだが酔い潰れるまで飲み続けてしまい、翌日は動くこともできないほどの二日酔いになるのだそうだ。

そんなわけで、今日は木こりの修業は休みになったのだった。

「さて、昨日買った本でも読むか」

朝食を終えた良一は、宿の部屋に戻って本のページを開いた。

「魔法の教科書か。地球じゃあ眉唾《まゆつば》の物だな」

書物にはこんなことが書かれていた。

――魔法は、空気中の魔素《まそ》を体内に取り込み、属性魔力に変換して放つ〝属性魔法〟と、魔素を体内に取り込まずに直接操って現象を起こす〝特異魔法〟の二つに分類することができます。

属性魔法には人によって属性の適性があり、不向きな属性は効率が悪く、大規模な魔法も使えません。そのため、まずは自分が得意な属性の魔法から習得するのが良いでしょう。

一方、特異魔法は属性魔法よりも習得が難しい傾向があります。魔素を操ることが可能な距離や範囲は修業によって増えますが、老練《ろうれん》の魔術師でも自分から五メートル程とされています。

次は、魔法に関する二つの能力についての説明です。

〝魔保力〟は体内に保有することができる魔素の総量で、〝魔操力〟は一度に扱える魔素の量を示しています。どちらも、魔法を何度も繰り返し使うことで上限値が上昇します。

「なるほど……魔法が使えない方は次のページ、すでに使える方は属性魔法の項目に……

か。どうしようかな、一応マジックボールが使えるけど」

結局、良一は属性魔法の項目までページをめくった。

「体内に取り込んだ魔素を属性魔力に変換するには、魔力を一度自分の〝魔力の中心〟に溜《た》める、と。試してみるか」

魔力の中心の場所は人によって違い、心臓付近やヘソの下や頭の中央など様々で、魔素を取り込んだ時に魔力が溜まる感覚が一番強い部分が魔力の中心なのだそうだ。

マジックボールを発動する時の要領で試してみると、心臓付近に魔力が溜まるのを感じた。

「ここが俺の魔力の中心か」

服の上から心臓の上辺りを触り、ページを読み進めた。

属性魔法は火、水、風、土、雷、氷、草、光、闇の九種類。

普通の人族は二、三種類の属性に適性があるとのことだが、良一が各属性をイメージしながら変換すると、体内で魔力がそれぞれの属性魔力に変化したのを感じた。

「一応、全属性の魔法が使えそうだな。これで魔法の基礎はできたのかな」

時間を忘れて夢中になっていたらしく、腕時計を見ると午後一時を過ぎていた。

思い出したように空腹《くうふく》を覚えた良一は、前に作った弁当をかき込むと、魔法を試し撃ちすべく、イーアス村の外に出た。

「ここら辺でいいか」

村から少し離れて、森の人気《ひとけ》のない場所へとやって来た。この辺りなら村人も滅多《めった》に近づかないはずなので、おあつらえ向きである。

教科書に記載された属性魔法の種類は豊富だが、属性が違うだけで基本は同じ系統の魔法というものが多い。

マジックボール系統：消費魔保力が少なく癖《くせ》がない攻撃魔法。
マジックアロー系統：マジックボールよりも威力《いりょく》とスピードがあるが消費魔保力も多い。
マジックスピア系統：マジックアローよりもさらに威力が高く有効範囲も広いが、消費魔保力も相応に高い。
マジックバリア系統：属性に応じた魔力の盾が出現する。物理攻撃は防ぐことができない。
マジックシールド系統：物理攻撃も防ぐことができる盾を出現させる。
マジックウォール系統：マジックシールドよりも強固《きょうこ》な盾を全方位に出現させる。

良一は九つの属性で六種類の基本の魔法を試し、全て発動することができた。

「神様から貰ったチート様々《さまざま》だな」

一連の試し撃ちで良一は魔法のコツを掴《つか》んだものの、もう一冊手に入れていた闇の上級魔法書は読まずに村に戻ることにした。

そうして良一が歩き出すとすぐに、草陰《くさかげ》からレッサーウルフが現れた。

唸り声を上げて威嚇《いかく》する狼を前に、良一が不敵《ふてき》に微笑む。

「悪いな、魔法の練習台になってもらうぞ……サンダースピア」

良一が掲《かか》げた手に雷の槍《やり》が形成される。

振りかぶって投げつけると、槍は物理法則を無視して加速し、狼の体を貫いた。

そして、レッサーウルフは抵抗一つできずに呆気なく死んでしまった。

「心理的にもチートがあるというか、適応力増しているのか？　初めてレッサーウルフに出くわした時はビビったけど、今は平気だな」

良一は警戒を解いて死体に歩み寄る。

「あとは早く解体の仕方を教わらないと。こういうのって、やっぱり冒険者ギルドに行かないとダメだよなあ……」

前回は牙を折るだけだったが、今度はアイテムボックスにレッサーウルフの死体をまるごと収納した。

「そういえば、またレベルアップしたみたいだ。スキルがいくつか増えたし、加護もついているな。きっと、木工ギルド関連の成果だろうな」

石川良一
レベル：8
生命力：830／850　魔保力：800／1100
攻撃力：450　守備力：450
速走力：450　魔操力：500
魔法属性：全属性
所持アビリティ：《神級再生体》《神級分身術》《神級適応術》《アイテムボックス》《神級鑑定》《取得経験値・成長率十倍》《全言語取得》《初級斧術《ふじゅつ》》《初級伐採術》《初級木工術》
神の加護：森と木材の神ヨスク

日が暮れかけてモンスターの活動が活発になってきたのか、イーアス村への帰り道でスライムやレッサーウルフに襲われたが、これらを難《なん》なく倒し、良一のレベルはさらに二つ上がって10になった。

「さて、帰ってからは何をしようかな」

「あっ、良一さん！　こんばんは」

村の門をくぐってすぐの場所で、良一に気づいたマリーが手を振って呼びかけた。

彼女の横には二十代くらいの若い女性の姿がある。

「良一さん、こちらは村で雑貨屋を営《いとな》んでいるナシルお姉ちゃん」

「初めまして。雑貨屋を営んでいるナシルです。マリーの宿屋のお客さんかしら？」

マリーに紹介され、女性がにこやかに微笑んだ。

「数日前から森の泉亭でお世話になっている、石川良一です」

「ああ、あなたがマリーの言っていた、木工ギルドに合格したお兄さんね」

それからしばらく二人と会話をして、良一はマリーと一緒に宿屋に帰った。

◆◆◆

「お疲れ様でした」

魔法の練習を始めてから三日経過した。

良一は保留していた闇属性の上級魔法にも少しずつ手をつけているが、まだまだ失敗する確率が高く、使いこなせるという状態ではなかった。

その間、良一はギオ達と一度木を切りに行き、さらに乾燥させていた木材を使って家具を作製するやり方もギオから学んだ。

ギオは〝良一は教えたことをすぐに習得するから嬉しいが、弟子としては物足《ものた》りない〟と苦笑していた。

ギオの工房から戻った良一は、宿のベッドに横になってこれからの予定に考えを巡らせる。

「飲み会の席で聞いた巨兵の祠に行ってみるのもいいか……」

早速神様から支給された万能地図を開いて場所を確認すると、徒歩《とほ》で丸一日、往復《おうふく》二日は掛かりそうな距離だった。

向こうで一泊するなら宿屋の主人に伝えておかなければなと考えて部屋を出る。

「石川様どうかされましたか」

良一が階段から下りてくる音を聞いて、カウンターで帳簿《ちょうぼ》をつけていた主人が振り向いた。

「明日から巨兵の祠に行ってみようかと思いまして」

良一がそう切り出すと、主人は目を見開いた。

「え……お一人でですか？」

「はい」

「そこまで強いモンスターは出ませんが、森の奥はモンスターの数が多く、複数体で現れます。私も二十代の頃に友人達と一緒に行きましたが、その時は八人の大人数でした。それに、巨兵の祠に行くなら森で夜を明かさなければいけません。いくら石川様でも……」

主人はしきりに危険性を訴《うった》えたが、最後は折れて、木工ギルドに所属できる腕があるなら大丈夫でしょうと認めた。

◆◆◆

翌朝、宿屋で朝食を食べた良一は、早速巨兵の祠へと歩を進めた。

村を離れるほどに木々は鬱蒼《うっそう》と茂り、人の手が入っていない自然の地形が良一の行く手を阻《はば》んだ。

しかし良一の方もレベルアップしたおかげか、地球にいた頃では考えられないほど軽《かろ》やかに動けるようになっていて、整備《せいび》されていない険《けわ》しい道でも難なく走り抜けた。

防具を身につけている以外、荷物は全てアイテムボックスに入れているので、疲労も少なく身軽だ。

時折モンスターが襲ってくる以外移動は順調で、地図で確認するといつの間にか祠まであと五キロメートルの地点に達していた。

「グルルルッ」

突如《とつじょ》、レッサーウルフが三体現れて、牙を剥き出しにして唸りだした。

「また現れたな」

巨兵の祠に近づくにつれてモンスターと遭遇《そうぐう》する回数も増えてきた。

良一はこれまでの戦闘で魔法の複数発動を試しており、最初は左右の手で同時に二発。次に三発、四発……と徐々に数を増やし、最大三十発同時に放つことができるようになっている。

良一は新《あら》たな戦術を試すために、チートの一つである《神級分身術》を発動させた。

「分身」

すると、良一と全く同じ容姿《ようし》の人物が三人現れた。

「おお、気持ち悪いくらいにそっくりだな……」

戦闘中にもかかわらず、良一は自分の分身をまじまじと眺《なが》め回した。

「よし、やっちゃいなさい」

良一がそう言うと、それまで棒立《ぼうだ》ちだった分身はそれぞれにレッサーウルフに魔法を放ち、討《う》ち取った。ステータスを確認すると、分身が倒したモンスターの経験値も半分は良一本人に反映されるらしい。

さらに試したところ、分身体は良一の七十パーセントほどの能力を持っていて、神級以外のアビリティは使えるようだ。

その後もモンスターを倒してレベル上げをしながら、良一は巨兵の祠へと向かった。

「ここが巨兵の祠か」

木々をかき分けて進んでいくと、突如視界が開けた。

そこには十メートルほどの高さの石でできた巨人が数体並んでいた。

どれも一部が欠けていたり草や苔《こけ》に覆われたりしていて、人の手を離れて自然に呑み込まれつつある状態だった。

「奥に祠があって、中の石に触れると一人前の大人と認められるんだっけ」

良一は宿屋の主人に聞いた情報を思い出しながら、昔は舗装されていたであろう石畳を歩いた。

家屋や店舗のような建物の残骸《ざんがい》もまばらに残っているが、特に興味を引くものはない。

「あそこが祠かな」

巨人を見上げながら道を進み、廃墟《はいきょ》の奥に着くと、他の石の巨人よりも一回り大きな石の巨人二体が何かを守るように立っていた。視線を下ろすと、間に小さな建物があるのが分かる。

建物の中に入ると、情報通り部屋の中央に四角い石が置かれていた。

近づいてみたところ、大理石のような光沢感《こうたく》のある石の表面に、文字が彫《ほ》られているのが見えた。

「魔導甲機《まどうこうき》……制御試験場？　機械みたいなものなのかな」

どうやらこの場所は魔導甲機と呼ばれる物をテストする施設だったらしい。

「けど、ここまで時間が経っていたらもう動く物はないだろうな」

目的の四角い石に触れた後、部屋の中をあちこち見て回ると、入口近くのカウンターのような場所にスイッチらしき装置があったが、押してもなんの反応もなかった。

「今までイーアス村の人達やいろんな人がここに来てるはずだから、探索《たんさく》されつくしているだろうな……」

良一はしばらくあれこれ探索して触ってみたが、結局部屋にある物は何一つ反応を示さなかった。

諦《あきら》めて外に出ると、すでに太陽は落ちて薄暗くなっていた。

屋根のある廃墟にテントを張って休もうと考えた良一は、付近で一番マシな状態の建物の中に入り、複数体の分身を出す。

十人の分身を建物の外で待機させてモンスターの見張りに当て、他の者にはテントの設置や夕食の準備をさせる。

分身達は良一の指示を黙々《もくもく》とこなしていた。

「自分の格好をしているからか、気兼《きが》ねなく使えて便利だな」

簡単な夕飯を済ませた良一は、移動の疲れもあって早々にランプの明かりを落として目を閉じた。

しかし、深夜を回った頃だろうか、不思議と目が覚めてしまい、良一は起き上がって時計を確かめる。再び寝ようとして毛布を被《かぶ》ったその時、パチパチと何かが弾《はじ》ける小さな音が聞こえた。

「なんの音だ？」

焚《た》き火はしていないし、似たような音で他に考えられるのは、電線がショートを起こしている音だ。

こんな森の中で何か燃えたら大変だと思い、良一は懐中電灯《かいちゅうでんとう》を片手にテントの外に出て耳を澄ます。やはりパチパチと音が聞こえる。

「ここら辺からかな」

耳だけを頼りに音のする方に行ってみると、テントを張っていた建物の奥の部屋の床下から音が聞こえているように感じた。

「めくってみるか」

ひび割れたタイルに手をかけてめくると、床下に小さな空間があり、電線のような物が敷設《ふせつ》されていた。

埃が溜まっていて、被覆《ひふく》はボロボロでところどころ断線《だんせん》している。どうやらそこから音がしているようだ。

「何が流れているんだ？　まさか、電気が流れてるってわけじゃないだろうし。なんにしても、大元の電源的なものを落とさないと危《あぶ》ないな」

良一は部屋を探ってスイッチらしき物を手当たり次第押してみる。すると、パチパチという音が聞こえなくなった。

意味はないかもしれないと思いながらも、すっかり目が冴《さ》えてしまっていたので、断線部分を繋いでビニールテープで補強してみる。

そこそこ上手くいったのか、再びスイッチを押すと今度はパチパチという音は聞こえず、代わりに奥の扉に小さな光が灯《とも》った。

さらにどこからともなくモーターの駆動音《くどうおん》らしきものが聞こえはじめ、壊れてピクリとも動かないと思っていた扉には動作灯と思《おぼ》しきものが点灯している。

「行ってみるか」

意を決して近づくと、少しガタつきながらも扉が自動で開いた。

自動ドアの先は地下へと向かう階段になっており、非常灯の頼りない明かりが続いている。

階段を下りると、大きな地下空間が広がっていて、石像とは明らかに違う巨大な構造物が六つ並んで立っていた。

形はまちまちで、どれも四メートルほど。良一の言葉で表現すると、それは〝ロボット〟だった。

大雑把に人型の物が多いが、履帯《りたい》や車輪がついた車両型の乗り物もある。

「ここは何なんだ？　もしかして、これが魔導甲機ってやつか？」

厨二心《ちゅうにごころ》をくすぐられて、良一は倉庫、あるいは格納庫《かくのうこ》らしき中を探索した。

「なるほど、工業用の魔導甲機だったのか」

六台の魔導甲機は出荷寸前で後は運び出すだけだったらしく、操作マニュアルや整備用の工材などが一通りまとめられていた。

どうやらこれらの魔導甲機は小型の現場作業用ということで、それぞれ用途が違っているようだ。

トンネル掘削《くっさく》用魔導甲機、建築用魔導甲機、上下水道敷設用魔導甲機、工材運搬用魔導甲機、農業開墾《かいこん》用魔導甲機、危機管理用魔導甲機の六台。

良一は試しに工材運搬用魔導甲機に乗り込んでみることにした。

この魔導甲機は人型の体の上部に六本のアームがついており、下半身にはタイヤがついた脚が四本という姿だ。

マニュアルに従って操縦席《そうじゅう》横のキーに魔力を込めてボタンを押すと、魔導甲機の操縦室のハッチが開いた。

「ワクワクするな」

魔導甲機は魔素を動力にしているようだが、背面に取り付けられているバッテリー的な装置に魔素を溜めているとのことだ。

良一はマニュアルに従って全ての魔導甲機に魔素を充填《じゅうてん》しておいた。

「よし、起動」

起動ボタンを押すとエンジンが始動し、魔導甲機にエネルギーが回りはじめる。

レバーを動かすと駆動音が響き、魔導甲機が四本足で立ち上がった。

「ロボットを操縦できるなんて、夢にも思わなかったな」

ゆっくりと操縦桿《そうじゅうかん》を前に倒すと、タイヤが回り、魔導甲機が前に進んだ。

そのまま低速で倉庫内を動いて動作に慣れると、良一はエンジンを止めて魔導甲機から降りた。

「簡単に運転できたな。明らかに放置されてるし……六台全部貰ってもいいのかな」

先ほど読んだ説明書は、本屋で購入した魔法の教科書などに使われているものとは違う言語で書かれていた。良一はチート能力で読めるが、ギオ達では何が書いてあるか分からないかもしれない。

「せっかくだから、いただきまーす」

良一は小声でそう呟いて、埃まみれの魔導甲機を一台ずつ動作確認してから、六台全部アイテムボックスに収納した。また、アタッチメントや消耗品《しょうもう》、整備のための専用工具や道具といった物も、倉庫を探して可能な限り回収していった。

「まさかこんな良い物が手に入るとは思わなかったな」

思わぬ拾得物《しゅうとくぶつ》に、良一はすっかり興奮して眠ることができなくなってしまった。

「すっかり目が冴えてしまったし、操作マニュアルを読んでいよう」

倉庫から出た良一は夜が明けるまでマニュアルを読みふけったのだった。


巨兵の祠からイーアス村へと戻った良一は、再びギオ師匠のもとで木こりの修業や木工家具の作り方の手ほどきを受けていた。

休憩時間《きゅうけい》、良一がギオ師匠や兄弟子のファース達に魔導甲機を見せたところ、全員驚きに言葉を失ってしまった。

しかしすぐに興味が上回《うわまわ》ったらしく、ファース達は我先《われさき》にと魔導甲機に乗り込んだ。ところが、不思議と彼らには操縦ができなかった。

マニュアルによると、どうやら最初にエンジニアツールを用《もち》いずに起動したため、魔力の所有者登録が完了してしまったことが原因らしい。

良一はこれらを勝手に持ってきてよかったのか心配したが、ギオは〝良一が見つけたものなのだから良一の物だ〟と言ってくれたので、悪いことではないようだ。

魔導甲機の盛り上がりが一段落したところで、ギオが話しかけてきた。

「ところで良一、四日後にイーアス村の住人でドワーフの里に行くんだが、一緒に来るか？」

「ドワーフの里ですか、行ってみたいです」

「よし、なら決定だ。悪いが荷物を運ぶのを手伝ってほしくてな」

「全然構わないですよ」

ギオの頼みなら断れないし、イーアス村以外の町は初めてなので楽しみでもある。

「大人数で歩いて向かうと二日かかる。良一には荷物を持ってもらう駄賃《だちん》として道中の食料はこっちで準備しておく。移動の準備だけしておいてくれ」

そう言うと、ギオは満足顔で工房に戻っていった。ちょうど休憩も終わりだったので、良一も彼に続いた。

◆◆◆

「じゃあ、ドワーフの里へと向けて出発」

リーダーを務めるギオの号令で、ドワーフの里を目指す集団が歩きはじめた。

「結構人数がいるんですね」

良一はギオやファース達の後ろにズラリと連《つら》なっているイーアス村の人達を見てそう言うと、隣のマリーが答えた。

「金持ちは馬車に乗ってドワーフの里に行くんだけど、私達はこうやって四ヵ月に一度、里へ行きたい人達で隊列を組んで行くの。こんな大勢だと野盗《やとう》もまず襲ってこないし、力を合わせればモンスターだって倒せるからね」

「マリーちゃんは何をしに行くの？　ドワーフの里って武器や防具や道具なんかが主産業で、女の子の興味を引きそうなものはないって聞いたけど？」

「イーアス村より色々なものが揃っているから、それなりに見るものはあるの。それに、ナシルお姉ちゃんに同行するのは楽しいし」

マリーに名前を呼ばれてナシルが振り返った。

「私はお店の商品の仕入れね。普段は商品を持ってきてくれる行商人に在庫の補充も頼むんだけど、こういうタイミングで新しい商品を見つけるの」

顔見知り達と和気《わき》あいあいと話をしながら、一行はドワーフの里への道を順調に歩いていたが、ついにモンスターの襲撃《しゅうげき》が発生した。

集団で迫《せま》るレッサーウルフを前に、一同に緊張が走る。

「女達は中央に集まれ、野郎共は武器を持ってウルフ共を相手しろ」

村の男達は戦闘の素人《しろうと》ながらもギオの号令通りに動き、レッサーウルフの集団に相対《あいたい》した。

「魔法を使える奴は、牽制《けんせい》でもいいから使ってくれ。自分の魔力を考えながらな」

そう言って、ギオは自《みずか》らレッサーウルフにマジックボールを放つ。

ファース、セカス、他にも何人かが一緒にマジックボールで攻撃する。

「よし、俺も！」

良一はギオ達が放つ魔法を受けて怯《ひる》んだレッサーウルフに向けて、雷属性のマジックアローを放った。

「「「ギャッウンッ」」」

良一の魔法を受けたレッサーウルフ達は叫《さけ》び声を上げて倒れ、動かなくなった。

良一は様々な属性魔法を試す中で雷魔法が使いやすいと感じたので、最近では雷系統の魔法を中心に使っている。

「良一、お前は魔術師だったのか」

ギオや周りの者から驚きの声が上がるが、レッサーウルフはまだ他にもいる。良一は気を引き締めて全て倒してしまうことにした。

無事戦闘が終結《しゅうけつ》すると、一同が小休憩する横でレッサーウルフの解体が始まった。

「今回は魔法で倒したから傷が少ないな。この毛皮や牙をドワーフの里に持っていけば、少しはみんなにお金を渡せそうだ」

解体を終えて取り分けた素材をアイテムボックスにしまったギオは、そのまま食事の指示を出した。

「モンスターとも戦ったし、休憩ついでに飯にするか」

「良一さん凄いね、レッサーウルフを一網打尽《いちもうだじん》なんて。あんな凄い魔法は初めて見たよ」

昼食の準備を進めながらマリーが興奮気味《ぎみ》に良一に声をかけた。

「そんなに褒めないでよ」

そうは言ったものの、褒められて悪い気はしなかったため、良一の口元は緩《ゆる》んでいた。

昼食にはサラダと、焚き火で肉を焼いた物、固いパンを盛り付けた皿を渡された。

旅の食材は良一が思っていたよりも新鮮だった。

「旅の食料って干《ほ》し肉とか塩漬けばかりだと思っていたけど、そうでもないんだね」

「もっと遠い場所に行くなら、そうなるんだけど、もう明日の夕方には着くからね。保存のことはあまり考えなくていいんだよ」

「そっか。なるほどね。じゃあ、食べようか、マリーちゃん」

良一はたくさんの人がいる中、自分だけドレッシングを使うことを躊躇したが、マリーが〝ドレッシングをかけないんですか？〟と視線で聞いてきたので、結局は使うことにした。

さすがに自分一人でというわけにもいかないので、アイテムボックス内で五本複製してみんなに振舞《ふるま》った。

「皆さんも、よかったら使ってください」

最初は慣れない調味料に手を伸ばさなかった村の者達も、マリーがサラダにかけて美味しそうに頬張ると、次第に使いはじめ、たちまちその味の虜《とりこ》になった。

結局、食事が終わった後には、ドレッシングの容器は全て空《から》になっていた。

「良一、このドレッシングとかいうのは大層美味《うま》いな。どこで売ってるんだ？」

「いや、これは俺の故郷の物で、この辺では手に入らないんです」

ギオをはじめ、色々な人に聞かれる度《たび》に良一はそう答えていたが、キリがないので手持ちに少し余裕があると言って希望者に安く売ることにした。

結局多くの村民が一本購入し、ソコソコの収入になった。

旅はその後も順調に進み、一日目の夜には予定通り中継点《ちゅうけいてん》となるキャンプ地に到着した。

そこは周囲の木が切り倒されていて、旅人が休めるように壁と屋根だけの木造の建物がいくつかある場所で、一夜を明かすには充分な施設だった。

「夜の見張りは男達で順番だ。今回は人数も多いから、一人一回の見張りでいい」

ギオの采配《さいはい》で夜の見張りの組み分けがされ、男性が七人一組で六組に分けられた。見張りといってもキャンプ周辺を二時間おきに交代で監視《かんし》するだけだ。

良一はファースやセカスと一緒の五組目に割り当てられた。

「おい、良一。交代の時間だぞ」

ファースに揺さぶられ、良一は欠伸《あくび》を噛《か》み殺しながら起き上がった。

「ああ……じゃあ、行こうか」

二人して眠い目をこすりながら移動し、前の担当と持ち場を変わった。

「今のところ夜襲《やしゅう》はないけど、油断はするなよ」

「任せろ。良一がいるならレッサーウルフが襲ってきても安心だな」

ファースは寝ぼけ眼《まなこ》でそう言って、見張りの位置についた。

「襲撃があったら大声を上げろよ」

そう言って七人はキャンプ地の周囲に沿《そ》うように展開し、それぞれ別の方向を警戒していた。

しばらく動きはなかったのだが、そろそろ交代の時間というところで、ガサッと茂みが揺れる音が聞こえた。

良一はレッサーウルフかと思って懐中電灯を向ける。しかし、明かりに照《て》らされたのは、黒い毛皮に覆われて仁王立《におうだ》ちする巨体。

「……熊？」

良一が発した疑問に、目の前の黒い熊は恐ろしい雄叫《おたけ》びで返した。

その大きな叫び声は見張りをしていた六人だけでなく、寝ていた人達の耳にも届いた。

「どうした良一、何が出た」

ファースが慌てて駆け寄ってくるが、良一の懐中電灯に照らされた黒い熊を見て動きが止まった。

「ど、どうして……どうしてシャウトベアがいるんだ！」

その尋常《じんじょう》ではない反応に、良一も《神級鑑定》を使って相手を確認してみる。

シャウトベア
レベル：43
生命力：4500／4500　魔保力：1900／1900
攻撃力：2700　守備力：3000
速走力：1200　魔操力：1300
魔法属性：火、土
所持アビリティ：《中級咆哮》《上級爪術《そうじゅつ》》《中級肉体強化》

確かに、レッサーウルフやスライムとは桁《けた》が違う強さを誇っている。

「こいつはモレス山脈の上層にいるモンスターだ。こんな麓《ふもと》にいるはずがないのに……。もう終わりだ。中堅《ちゅうけん》の冒険者でも殺されるんだ、俺達じゃあもう……」

ファースは完全に腰が引けている。

ギオや男衆が次々に集まって来たが、シャウトベアを見て全員の顔が青ざめた。

「ここでシャウトベアを倒さんと、イーアス村にも来るかもしれん」

それでも、ギオのその言葉に奮《ふる》い立ち、決意を固めたのか、全員武器を手に取りはじめた。

「グルゥッアッー」

だがシャウトベアの咆哮《ほうこう》一つで皆立ち竦《すく》んでしまう。

「皆さんは下がって、俺がやります」

良一はアイテムボックスから片手斧を取り出し、一歩前に進み出た。

「良一、一人じゃあ無理だ！」

「いえ、一人じゃありませんよ！」

良一はそう言って最大数の分身体を召喚した。

今レベル11なので、三倍の数である三十三体の分身体がギオ師匠達の前に現れ、人の壁となる。

「やるぞ！」

良一のかけ声を合図に、分身体全員が様々な属性のマジックスピアを投げ込む。

三十四本の魔法の槍が迫るが、シャウトベアはその場から動かず、わずらわしそうに咆哮を上げた。

次の瞬間、七割のマジックスピアは空中でかき消え、残りのマジックスピアもシャウトベアが振り回した両腕によってほとんど消し飛ばされた。

「あれだけ投げたのに、当たったのが三本で、削った生命力は二百。同じことを二十回以上やらないといけないのか⁉」

ステータスを確認した良一が思わず毒づく。

しかしこの攻撃で興奮したシャウトベアは、その巨体からは考えられない速さで良一達の方に突進してきた。

「くそ、マジックシールド！」

複数の分身体が魔法の盾を前方に幾重《いくえ》にも構えたおかげか、シャウトベアの突進の勢いは弱まった。しかし、止めるには至らない。

避けられなかった何体かの分身は、生命力を失って消えてしまった。

「軽く考えすぎたな……」

この世界に来てから初めて死を身近に感じ、良一の背筋に冷たいものが走った。同時に、この場でダメージを与えられるのは自分だけだと良一は直感した。

「皆さんは下がって、コイツは強すぎます！」

何人かの男達は下がったが、ギオはまだ良一のそばにいた。

「俺は旅の長《おさ》だ。仲間は見捨てられん」

「ファース、ギオ師匠を下がらせてくれ、頼む！」

良一は同じく近くに残っていたファースに頼んだ。

「……分かった。死ぬなよ」

ファースは良一の真剣な眼差しを見ると納得して、セカスと二人でギオ師匠の両脇を挟み、引きずるようにして下がっていった。

「よし、かかって来いよ」

良一の挑発が気に障《さわ》ったのか、シャウトベアは息を大きく吸い込み、睨みつけてきた。

次の瞬間、鋭い牙が並ぶ口から炎が噴《ふ》き出した。

「な⁉ アクアシールド」

良一はとっさに炎と相性《あいしょう》が良い水の盾を作り出して、これをなんとか防ぐ。

さらに反撃として大量のマジックアローを浴《あ》びせかけて弾幕《だんまく》を張り、質より量でシャウトベアをその場に固定する。

未だシャウトベアに有効なダメージを与えられないが、動きは封じたので、その隙に斧に魔力を纏わせて分身に突撃させた。

しかしシャウトベアも黙ってやられるわけがない。繰り出した爪で切り裂き、分身を消していく。それでも、分身体は少しずつシャウトベアの体に傷をつけていた。

「マジックスピアで攻撃するよりも、斧の方がダメージを与えられるな」

今の分身による捨て身の特攻で生命力を七百も削ることができた。

良一は再度分身を補充するが、新しい分身は他の者と比べて動きに精彩《せいさい》を欠いた。

「消えた分身を再召喚するには、クールタイムを空《あ》けないとステータスが低い状態で召喚されてしまうんだったか……」

シャウトベアと一進一退《いっしんいったい》の攻防は続き、着実にシャウトベアの生命力を削っていく。

良一も今のところ致命的《ちめいてき》な一撃は受けていないが、体中が擦《かす》り傷や打撲《だぼく》だらけになっていた。

常に死と隣り合わせな戦闘である。

しかし今に至るまでにチート能力でステータスが強化されていたおかげか、戦闘に慣れるにしたがって、肉体本来の能力を引き出せるようになり、動きは良くなっている。

「ガルゥア」

シャウトベアの動きも段々と見えてきて、カウンターも決まるようになり、徐々に良一が押しはじめる。

「よし、このまま倒れてしまえ！」

しかしその気持ちが油断を招《まね》いた。

シャウトベアが突き出した爪が分身体を蹴散《けち》らして良一本体に迫る。

死の直感に呑まれながらも、とっさに斧を自分の前に掲げて盾にし、運よく直撃を防いだ。

しかし斧の柄は折れて、良一も攻撃の衝撃で木に叩きつけられ、呼吸ができなくなる。

「良一、大丈夫か⁉」

離れて見ているギオの声が、辛《かろ》うじて良一の気力を呼び起こした。

まだ倒れるわけにはいかない。残った力を振り絞《しぼ》って立ち上がる。

「あと少しだ。あと少しなんだ」

良一は再度、分身体を召喚した。

何度も再召喚したため、今では分身体の能力は良一の十分の一程のステータスになっている。

シャウトベアに与えられるダメージも時間とともに減ってきた。

「トドメの一撃が欲しい……」

シャウトベアも自身の傷が深いのを理解しており、抵抗が激しくなっている。

このままではジリ貧《ひん》で良一の体力の方が先になくなりそうだ。

こうなったら、練習でもまだ数回しか成功していない闇の上級魔法を使うしかない。しかし、失敗した時は魔保力が大幅《おおはば》に減るリスクがあるので、やるならば集中して絶対に決めたい。

そう決心して、良一は召喚した分身体を全員シャウトベアへと突撃させた。

分身が時間を稼《かせ》いでいる間に、魔法の詠唱《えいしょう》を始める。

「深淵《しんえん》より這《は》い出《い》でし常闇《とこやみ》の住人よ、我の願いを聞き、認めたまえ。その闇の力を我に与え、我が敵を討ち滅《ほろ》ぼせ……アビスダークネス！」

上級魔法が無事に成功し、良一の体を中心に闇属性の魔力が噴出《ふんしゅつ》する。

黒く渦巻《うずま》く魔力の奔流《ほんりゅう》は良一の目の前で八面体の形に圧縮《あっしゅく》され、目にも留まらぬスピードで飛翔《ひしょう》して、分身体を蹴散らしていたシャウトベアの胸に命中した。

八面体は分厚い毛皮に阻まれることなく、その表面のみならず肉体を抉《えぐ》っていく。

「グゥオーーーー‼」

シャウトベアが叫び声を上げ、その生命力はついにゼロになった。

「やっと……終わった」

シャウトベアが倒れたのを確認した良一は、緊張の糸が切れてその場で倒れ込んだ。

ギオやファースが駆け寄ってくるのを横目で確認しながら、良一は意識を失った。

二章　村からの旅立ち

ガタガタと揺れる振動を背中に感じて、良一は目を覚ました。

「気がついたか、良一」

声が聞こえて体を起こすと、すぐそばを歩いているギオの姿が見えた。

どうやら良一は荷車の荷台に寝かされていたようで、一行はまだドワーフの里に向けて進んでいる最中らしい。

「あれ、シャウトベアは？」

「奴は死んだよ。それにしても、お前さんは凄い男だ。あのシャウトベアを一人で倒したんだからよ。良一がいなければ全員とは言わないが、少なくない人数がやられていただろう。ありがとう」

ギオはそう言って深々と頭を下げた。

「いやいや、自分の命を守るためでもありましたから。頭を上げてください」

「シャウトベアの死体は可能な限り回収してある。お前が一人で倒したんだから、全部お前の物だ。遠慮はするなよ？　ドワーフの里に着いたら渡すから、今は休んでいてくれ」

「ありがとうございます。お言葉に甘えて、少し横にならせてもらいます」

良一はまだ体のあちこちが痛むのを意識して、再び荷車に横になった。

「ここからでも見えるが、あれがモレス山脈だ。あの山の麓にドワーフの里がある。少し時間を食ってしまったが、夕方には着くだろう」

ギオが指を差す先に目をやると、遠くに見えていた山並みが、いつの間にか随分大きくなっていた。

良一はガタガタ荷車に揺られながら、自分自身に鑑定をかけてみた。

石川良一
レベル：３４
生命力：１０００／３８００　魔保力：４５００／４５００
攻撃力：２３００　守備力：２０００
速走力：１６００　魔操力：２５００
魔法属性：全属性
所持アビリティ：《神級再生体》《神級分身術》《神級適応術》《アイテムボックス》《神級鑑定》《取得経験値・成長率十倍》《全言語取得》《初級斧術》

《中級伐採術》《中級木工術》

神の加護：森と木材の神ヨスク

レベルが23も上昇して、戦闘前の約三倍になっている。

良一は怪我の痛みはありながらも、全身に今までなかった力が満ち溢れていることに気づいた。

さらに、木こりの修業の成果か、いつの間にか伐採術と木工術が中級になっていた。

「一気にレベルが上がったな。さすがに格上の相手だけある。あぁ、生きていて良かった……」

良一は今さらながら無謀《むぼう》な戦いに勝利した実感を噛みしめた。

しばらくすると、少し開けた場所で隊列が止まった。

これがドワーフの里に着く前の最後の休憩である。

「シャウトベアから守ってくれてありがとうね」

良一が荷車から降りると、昼食を準備していた女性陣が次々と寄ってきて感謝の言葉を口にした。

食事中もそれは続き、今まで挨拶くらいしかしていなかった人からも声をかけられて、良一はなかなか料理にありつけないという有り様《ありさま》。

マリーとナシルも昼食を食べながら少し興奮気味に話しかけてきた。

「それにしても、良一さんがあんなに強かったなんて知らなかった！　たまに村に来る冒険者の人よりも強いと思うよ？」

「石川君は本当に不思議だね。それ程の実力があるなら、王都に行けば魔法院や騎士団の勧誘があるんじゃないかしら」

そんな慌ただしい昼飯を終え、移動を再開した。

午後からは良一も荷車を降りて歩くことにした。ステータス上昇の影響か、体力もすっかり戻り、下手《へた》するとイーアス村を出る前よりも元気である。

「もう大丈夫なのか？」

すっかりピンピンしている良一の様子を見て、ギオは呆れ笑いを浮かべた。

「ええ、充分に休めましたから」

しばらく舗装されていない坂道が続いて移動のペースが落ちたが、予定通り夕刻にはドワーフの里の門が見えてきた。

モレス山脈の麓にあるドワーフの里は、石造りの大きな塀《へい》で囲まれており、長い煙突《えんとつ》が何本もそびえ立っているのが見える。

門から続く道も石畳で舗装されていて、時折荷物を満載《まんさい》した馬車が行き交っている。

「道が整備されていますね」

イーアスとは違った雰囲気の街並みに興味を引かれ、良一は辺りを見回す。

「この道は公都グレヴァールに続いている大きな道だからな。南に歩いて三日ほどで公都だ」

ようやく目的地に着いて緊張を解いたギオが、足を止めて皆に労《ねぎら》いの言葉をかけた。

「ついにドワーフの里〝ドワス〟に着いたぞ。今回は道中大変だったが、皆よく頑張ったな。俺は門兵にイーアス村からの訪問団だと説明してくるから、少し待っていてくれ」

ギオはそう言って一人で歩いていった。

みんな〝ドワーフの里〟と呼んでいたが、正式名称はドワスというらしい。

マリーは待ちきれないといった様子でソワソワと体を揺らしている。

「何を買おうかなあ。良一さんはドワーフの里で泊まる宿屋は決めてないよね。なら、私の叔父《おじ》さんの宿屋に泊まらない？　私とナシルお姉ちゃんもいつも一緒に泊まっているの」

イーアス村の人々はそれぞれ、親戚《しんせき》の家や宿屋などにバラバラに分かれて泊まるらしい。

「じゃあ、そうしようかな」

「良一さんは、明日からの予定はもう埋《う》まっているの？」

「明日はギオ師匠と一緒に行動するけど、残り二日は特に何もないな」

「なら、一緒に里を見て回ろう。オススメのお店を教えてあげる」

「期待してるよ」

話をつけたギオが戻ってきて、イーアス村の一行はほとんど手続きもなくドワーフの里へ入った。

「里ってくらいだからこぢんまりしてると思っていたら、案外広いな。それに、思っていた以上にドワーフ以外の普通の人間が多い」

良一が辺りを見回していると、ギオが声をかけてきた。

「良一、見えるか？　あそこが冒険者ギルドの建物だ。シャウトベアの素材は冒険者ギルドに買い取ってもらうのが一番だと思うが、運ぶの手伝おうか？」

ギオが指差した先には〝冒険者ギルド〟と書かれた大きな看板を掲げた建物があった。

「いえ、アイテムボックスに入れておくので大丈夫です」

シャウトベアは村人達の手で解体されていて、取れた素材は荷車に積まれていた。良一はそれを手早くアイテムボックスに収納した。

「すぐに行くか？」

「いえ、今日はもう宿で休もうと思います。マリーちゃんが案内してくれるそうなので」

「そうか、もう宿を決めていたのか。しかし、森の泉亭の嬢《じょう》ちゃん達とか……。若さっていうのは羨ましいね。明日の朝、里の木工ギルドに挨拶に行くから、ここに来てくれ。じゃあ、ゆっくり休めよ」

そう言ってギオは弟子達を連れて去っていった。

「ここが叔父さんの宿屋、山の泉亭だよ」

マリーとナシルに案内されて着いた宿屋は、石と木材でできた三階建ての大きな建物だった。

マリーの父親である森の泉亭の主人の兄が営んでいるこの宿屋は、ドワーフの里でも人気があるらしい。

「こんにちは」

マリーが先頭で宿屋に入り、受付で自分の名前を告げて宿屋の主人を呼んだ。

すると、奥から恰幅《かっぷく》の良い男性がやってきた。

「おお、マリー、久しぶりだな！　一年ぶりくらいか」

「久しぶり、モント叔父さん。今年もよろしくね」

「いつもと同じようにナシルちゃんと……おや、誰だい、そっちの男は？　まさかマリーの彼氏か？　まだ早いんじゃないかい？」

入口でナシルと一緒に佇む良一の姿を見て、モントの顔が一瞬曇《くも》る。

「もう、いきなり何言ってるの⁉　違うよ、森の泉亭に泊まっているお客さんで、石川良一さん。凄い人なんだよ」

「そうかそうか！　いや、失礼。ようこそ、山の泉亭へ。この宿の主人のモント・ダールスだ。歓迎するよ」

「石川良一です。数日ですが、お世話になります」

すっかり警戒を解いたモントは、知り合い価格だと言って良一の宿代を割引した。

人気の宿だけあって部屋は綺麗で、夕食は里の特産である山菜やイノシシの肉を使った料理が振舞われた。

たった一日ぶりとはいえ、ベッドの上でやわらかい布団に包まれた良一はすっかりリラックスして、すぐに寝息を立てはじめたのだった。


翌朝、山の泉亭で朝食をとった良一は、ギオとの待ち合わせ場所に急いだ。

指定された場所には、すでにギオをはじめファース達兄弟の姿もあった。

「おはよう良一。じゃあ、さっさと用事を済ませるとするか」

「おはようございます、ギオ師匠。早いですね」

「まあな、じゃあ行くか」

ギオを先頭に、良一達はドワーフの里の木工ギルドへ歩いて向かった。

「それで、ここの木工ギルドには何をしに行くんですか？」

「イーアス村とドワーフの里は近いから、お互い持ちつ持たれつでやっている。この里の周辺の木は薪として伐採されているが、あまり大量に伐採すると森が保《も》たんだろ？　だからイーアス村の薪を売っているんだ。今日はその取扱量の確認だ。ギルドの職員同士でも良いが、詳細な伐採可能な数は現場の職人の口から伝えた方が早いってことで、今回は俺が任された」

「なるほど」

「まあ、話は十分もすれば終わる。あとは飲み会だな」

話しているうちに、木工ギルドへと辿り着いた。

「イーアス村の木工ギルドから来た者だ。ギルドマスターはいらっしゃるか」

ドワーフの里の木工ギルドの建物はイーアス村のものより数段豪華《ごうか》で、内装も凝《こ》った装飾が施《ほどこ》されている。石造りの建物は重厚感《じゅうこうかん》があって、どこかお城めいているのも、その印象に拍車《はくしゃ》をかけているかもしれない。

「おーい、お前ら、ギルドマスターに会いに行くぞ」

ギオに呼ばれてギルドマスターの部屋に入ると、イーアス村の木工ギルドマスターのコッキスさんと同じくらいの歳《とし》の男性が出迎えてくれた。

「よく来たな、今回はギオか。久しぶりだな。弟子の方々も、さあ掛けてくれ」

良一達は勧められるまま奥のソファーに座った。

「木工ギルド・ドワス支部のギルドマスターをしているジュージだ。よろしくな」

ひととおり挨拶や近況報告を済ませると、ギオは懐から紙束を取り出した。

「早速だが、これがコッキスギルドマスターから預かった今年の木材の予想伐採量だ。ドワスへの供給量はここに書いてある。まあ、例年通りの量といったところだな」

「確かに受け取った。例年通りならさほど問題はないが……できれば今年は少し多くしてもらえないか？　実は、数日前に新しい魔鉱石《まこうせき》の鉱脈《こうみゃく》が見つかってな。今や鍛治ギルド、石工ギルドは大忙しだ。それで薪の使用量が増えそうなんだ」

「なるほど、だからドワーフ達の姿が見えなかったのか。事情は分かった。俺の一存では決定できないが、問題ないだろう。コッキスには伝えておく」

　取引の話が一段落した後は、自然と雑談へと移った。

「隣のお弟子さん達はいつ頃ギルド員の試験を受けるんだい？」

「最近ファース達も腕を上げているからな、そう遠くはないと思っている。実はな……隅《すみ》の良一って男は、もうギルド員なんだぜ。試験を受けるまで一度も木を伐採したことがなかったそうだ」

「何、弟子入りもせずに合格したのか？　凄いじゃないか」

「それに、冒険者ではないが腕も確かだ。なんせ昨日、一人でシャウトベアを倒したんだからな」

「シャウトベアだと⁉　そいつは災難《さいなん》だったたな。しかし、無事で良かったよ」

「まったくだ。良一には頭が上がらん」

その後もしばらく二人は良一を褒め続け、ようやく会話が終わった。

ギルドマスターの部屋を出ようとしたところで、良一は気になっていたことを切り出した。

「そういえば、イーアス村で預かった木材や薪、木製家具はどうすればいいんですか？」

「そうだった。ジュージさん、注文を受けていた品を一緒に持ってきたんだ。良一はアイテムボックス持ちだからな」

「何から何まで、凄いな……。職員に案内させるから、倉庫に行ってくれ」

「分かった。それで、この後一杯どうだ」

ギオはニヤリと笑ってグラスを呷《あお》る仕草をする。彼としてはこちらが本題なのかもしれない。

「そうだな、今は仕事が多くて抜けられない。夕方にまた来てくれ。一杯飲もう」

その後倉庫でアイテムボックスの中の物を納品して、良一の仕事はひとまず終わった。

「いつもならこのすぐ後に宴会だったんだが、時間を潰さなきゃならなくなった。良一は夕方までどうするんだ？」

ギオは昼から飲む気満々だったらしく、出鼻をくじかれて明らかにテンションが下がっている。

「ちょっと本屋や鍛冶屋に行ってみようかと」

「そうか、じゃあまた夕方に来てくれ。荷物を運んでくれてありがとうよ」

良一はギオ達と別れて木工ギルドを後にした。

不慣れな町なので、万能地図を広げて調《しら》べてみると、本屋が二軒見つかった。

近くの店から足を運んだところ、目当ての魔法関連書籍は置いていなかったため、良一は次の店に移動した。

「すみません、魔法の本はありませんか」

良一が尋ねると、店員の女性が申し訳なさそうに答えた。

「魔法書ですか。うちには石工用や鍛治用の魔法書しかありませんね。石工ギルドや鍛治ギルドのギルド員なら割引になりますが、正直言って……お高いですよ？」

「ちなみにいくらですか？」

「一冊金貨十五枚です。各ギルド員なら金貨五枚に割引できます」

確かに金貨十枚の差は大きい。地球から持ってきた金銭《きんせん》に余裕はあるが、この先何が起こるか分からない。いざという時のために貯《た》めておきたいというのが良一の本音《ほんね》だった。

「じゃあ、ギルド員になってからまた来ます」

「へ？　え、ええ……お待ちしております」

店員の女性は良一の言葉が本気か冗談か分からず、社交辞令《しゃこうじれい》的な対応をした。

店を出るとまだ太陽は高く、日暮れまで時間がありそうだったので、シャウトベアの素材を換金すべく冒険者ギルドに行くことにした。

「ついに異世界転移の定番、冒険者ギルドか」

冒険者ギルドの場所は昨日ギオに教えてもらっているので地図を見るまでもない。良一はドワーフの里の門から程近い場所の冒険者ギルドの扉を開いた。

「ん、なんだい兄ちゃん？」

入口付近で顔や腕に大きな傷がいくつもある厳《いか》つい男とぶつかりそうになり、良一は反射的に頭を下げる。

「いえ、すみません」

「ああ」

男は一言応《こた》えて出て行き、良一は喧嘩《けんか》に発展せずに良かったと胸を撫で下ろした。

建物の中に入ると手前側に机や椅子が並んでいて、待合スペースになっているようだが、冒険者らしき人は少ない。

奥には受付カウンターがあり、その横には張り紙がたくさん貼《は》られた掲示板がある。

良一は足早にカウンターに向かい、職員の女性に話しかけた。

「すみません、モンスターの素材の買い取りをお願いしたいんですけど」

「素材の引き取りは、里の門の外にある倉庫で行なっております。こちらにはそこで発行される換金票を持ってきてください」

女性は申し訳なさそうに頭を下げる。

ふと思いついて、良一はついでに話を聞くことにした。

「じゃあ、冒険者ギルドに登録しようと思います。ちなみにギルド員の特典ってありますか？」

「そうですね、ギルドのランクによって回復ポーションが安くお求めいただけますよ」

「じゃあ登録をお願いします」

「身分証はお持ちですか？」

良一が木工ギルドのギルド員証を渡すと、女性は少しばかり姿勢を正した。

「木工ギルドの方が冒険者になるなんて珍しいですね。すぐに手続きいたします」

女性は木工ギルドのギルド員証を持って奥に引っ込むと、何か持って戻ってきた。

「石川様は木工ギルドのギルド員ということで、冒険者ランクはＥマイナスからとなります。一度でもＥランク相当のクエストを達成すれば、Ｅランクに昇級《しょうきゅう》いたします」

女性は良一にギルド員証を返し、小冊子を一冊手渡した。

「木工ギルドのギルド員証に冒険者ギルドのデータを追記しました。これで冒険者の登録は終了です。小冊子にクエストの受注方法やランクによる特典が記されておりますので、一度目を通してくださいね」

良一は女性に礼を言ってから冒険者ギルドを後にすると、素材引き取り所へと向かった。

「すみません、モンスターの素材を買い取ってもらいたいんですけど」

「はい、お待ちください」

良一が声をかけると男性職員が対応してくれた。

「素材は外に置いてあるのですか？」

「アイテムボックスに保管してあるんですけど」

「ああ、アイテムボックスでしたか、失礼しました。それでは、ギルドカードを拝見します」

「はい、どうぞ」

「ありがとうございました。今日はなんの素材でしょうか」

いきなりシャウトベアの素材を出して不審に思われてもいけないので、良一はまずレッサーウルフの素材を処理することにした。

「レッサーウルフの素材です」

「承《うけたまわ》りました。アイテムボックスをお持ちなら、一頭丸ごとお持ちでしょうね。奥の広い場所へとご案内します」

男性は良一を連れて広い部屋へ移動し、大きな作業台の前で足を止めた。

「ではこの台の上にレッサーウルフを取り出していただけますか」

良一は指示に従って、台の上にレッサーウルフの死体を積み上げていく。その数十六体。さらにもぎ取った牙を載せると、約三畳の台がいっぱいになった。

「随分大量にありますね……解体に時間がかかりそうです。さすがにこれ以上は無いですよね？」

男性は平静を装《よそお》っているものの、その声色《こわいろ》からは明らかに狼狽《ろうばい》が感じられる。

良一はさすがにやりすぎたかと後悔《こうかい》するが、驚かせついでとばかりに解体されたシャウトベアの素材を追加した。

「これは……!?　シャウトベアの素材……まさかあなたが倒したんですか？　でも、冒険者ランクはEマイナスでしたよね？　どこかの上級者パーティにでも入っているのですか？」

男性は大層驚いていたものの、せっかくの大口取引を逃す手はないと、奥から応援を呼んで素材を処理しはじめた。

「今職員の手が足りないので、お待たせしてしまいそうです。査定結果は明日お伝えする形でも大丈夫でしょうか？」

「構いませんよ」

「ありがとうございます。では、明日以降この木札をお持ちになってください」

「分かりました。お願いします」

良一は引き換え証の木札を受け取ってギルドの引き取り所から出た。

この後どうしようかとあてもなく里の中を歩き回っていると、女の子の声が聞こえてきた。

「お願いします。魔鉱石の採掘《さいくつ》に同行させてください」

どうやら十代前半と思しき若い娘が道行く男性に頼み込んでいるようだ。

綺麗な顔立ちだが、白いワンピースはほつれてボロボロで、青みがかったセミロングの髪も手入れが行き届いておらずにボサボサである。

「悪いな嬢ちゃん。それは無理だ」

しかし、男性達は皆申し訳なさそうな顔で去っていく。

「お願いします。お願いします」

女の子は声を震わせ、ついには涙を流してしまったが、周りは気の毒そうな視線を向けるだけで声をかける者はいない。

よくよく見ると、女の子が声をかけるのは石工ギルドの建物から出てくる人のようだ。

しかし、入る人も出る人も、全員女の子から目を逸《そ》らして早足に去っていく。

良一は近くの商店に入り、店員の女性に声をかけて事情を尋ねた。

「すみません、あの女の子はなぜあんなことをしているんですか？」

「あの子ね……。お父さんと妹さんとの三人暮らしだったんだけど、そのお父さんが今回の魔鉱石発見の原因となった崩落《ほうらく》に巻き込まれて、亡くなってしまったんだよ。それでね――」

女性は言いにくそうに声を潜《ひそ》めて続ける。

彼女の話によると、死んだ父親には借金があり、あと数日以内に返せないと姉妹二人は奴隷《どれい》に落ちてしまうらしい。石工ギルドからも事故の見舞金は出たが、到底借金には足りず、奴隷落ちして姉妹離れ離れにならないために頭を下げているのだそうだ。

「でも、何も鉱石掘《ほ》りなんて危ない仕事をやらなくても……」

「白金貨二十五枚を期日までに返そうと思ったら、鉱石掘りしかないよ。魔鉱石で大当たりすればそのくらいは夢じゃないけど……危ない現場に女の子を同行させて、また事故なんて起こした日にゃ、ギルド員にも罰則があるからね。それに、ギルド員が随伴《ずいはん》できる人数は二人までだから……何人でも連れて行けるってわけじゃないんだ。だからみんなあの子を同行させないんだよ」

白金貨二十五枚は日本円に換算すると二百五十万円程。確かに、かなりの金額だ。

「女の子ができる簡単な作業だって、何かあるんじゃないですか？　人手《ひとで》は足りないみたいですし……」

「ギルド員が取ってきた魔鉱石を選別する仕事とかならあるだろうけど、そんな仕事じゃあ端金《はしたがね》にしかならないよ。可哀想《かわいそう》だけど、こればかりは仕方がないね」

店の中からもうなだれる女の子の姿が見え、良一の胸は締め付けられる。

「石工ギルドのギルド員になるのは難しいんですか？」

「彼女も試験を受けたけど、やっぱり力がなくて落ちてしまったんだ。それで周りは余計に鉱山に同行させられないと考えるようになってしまったんだと思うよ」

「確かに……試験に落ちた女の子を同行させるのは危険でしょうね」

良一も頭では理解していたが、彼女をどうにか救えないかと考えてしまう。

「自分が石工ギルドのギルド員になれば彼女を同行させられますよね」

「それはできるけど……。今、魔鉱石目当てで結構な人数が試験を受けてるんだ。でも、ほとんど落とされているそうだよ。簡単な話じゃないね」

気の毒そうな顔の商店の女性に礼を言って、良一は店を出た。

難しいのかもしれないが、可能性があるならやってみようと、良一はその足で石工ギルドへと向かった。

「お願いします。お願いします」

涙を拭《ぬぐ》いながら懸命《けんめい》に呼びかける女の子の前を通り過ぎて、石工ギルドの建物に足を踏み入れる。

「凄い人の数だな」

石工ギルドの中はたくさんの人でごった返していた。

「新規でギルドに登録されたい方には試験を実施しています。窓口を増設《ぞうせつ》していますので、手続きをお願いいたします」

職員の女性の声が響く。

良一は案内に従って受験者の列に並んで待っていたが、列は意外に速く進んでいく。

「お待たせいたしました。次の方どうぞ」

順番になり、良一は男性職員がいる窓口に行った。

「石工ギルドへの登録試験でよろしいですね？　他のギルドのギルドカードをお持ちの場合は、確認のために提出をお願いします」

言われたとおりにギルドカードを渡して手続きを進める。

「確認いたしました。こちらが受験票です。そちらの通路を進んだ先が試験会場です。試験は三次までありますので、頑張ってください」

ギルドは人手を必要としているらしく、試験はすぐに受けられるそうだ。

男性職員が指差す通路を進んでいくと、一次試験会場と書かれた張り紙が貼られた扉があった。中に入ると早々に男の怒鳴《どな》り声が聞こえてくる。

「どうして俺が合格じゃないんだ、おかしいだろうが⁉　さっきから見てれば九割くらい不合格だぞ。魔鉱石を掘らせないために試験を難しくしているんじゃないか⁉」

「試験内容は魔鉱石の鉱脈が新たに発見される前と同じです。他の受験者の方のご迷惑《めいわく》になりますので、お帰りください」

「ふざけんなよ！」

不合格になった男性受験者はとうとうギルド職員に殴《なぐ》りかかろうとするが、いつの間にか現れた屈強《くっきょう》な男性に組み敷かれた。

「ギルド職員への不当な暴力は犯罪です。早急にお引き取りを」

受験者はさっきまでの勢いを失い、苦しそうに唸るのみ。解放されると逃げるように会場から飛び出していった。

「お騒がせいたしました。試験を受ける方は受験票をそちらの職員にお見せください」

中はパーティションで二つに区切られていて、どちらにも職員と体格の良い男性が一人ずついる。

「お願いします」

良一が職員に受験票を見せると、すぐに試験が始まった。

「では一次試験の説明をします。こちらのツルハシを持つことができれば試験は合格です」

職員はそう言って、机の上に置かれた一本のツルハシを指差した。

「木工ギルドと似ているな」

そう呟きながら、良一はツルハシに手を触れて……特に苦もなく持ち上げた。

「合格です。受験票に一次試験合格印を押しましたので、二次試験会場に向かってください」

「分かりました。ありがとうございます」

受験票を受け取り、一次試験会場から出て廊下の奥に進んでいくと人の数がグッと減った。

先ほどの男が喚《わめ》いていた〝九割不合格〟という言葉は大げさではなかったらしい。

「ここだな」

良一は二次試験会場と書かれた張り紙が貼ってある扉を開けて中に入る。

職員は受験票を確認すると、準備があると言って良一をしばらく待たせた。

「準備ができましたので、どうぞ次の部屋に進んでください」

扉をくぐった先には、腰くらいの高さの岩に一生懸命《いっしょうけんめい》ツルハシを振り下ろしている受験者が数名いた。職員に促され、良一も空《あ》いている岩の前に立つ。

「では試験の説明をいたします。岩の中にある赤い鉱物の結晶《けっしょう》を三十分以内に取り出せれば合格です」

「道具は何を使ってもいいんですか？」

「ええ。自前の道具があるなら使っていただいて結構ですし、お持ちでないならツルハシを貸与《たいよ》しております」

「ではツルハシを貸してください」

良一が受け取ったツルハシを構えると、職員が砂時計に手をかけた。

「では、準備はよろしいですか？」

「お願いします。それと少し離れてもらえますか？　破片《はへん》が飛ぶと危ないので」

そして、試験開始が告げられた。

「分身」

《神級分身術》によって作り出された良一の分身が岩の周りをぐるりと囲むと、試験監督《かんとく》の職員が驚いて腰を抜かす。

分身達はツルハシに魔力を纏わせて、一斉に岩を掘り進めた。

レベルアップでステータスが高まっていた上に多人数で作業したため、良一は職員が指定した赤い鉱石を数分で取り出せた。

「ご、合格です。三次試験にお進みください」

二次試験の合格印を押された受験票を受け取った良一は、最終試験会場に向かった。

部屋は閑散《かんさん》としていて良一以外の受験者は一人もおらず、係の職員は手持ち無沙汰《ぶさた》な様子で佇んでいる。

彼は良一に気づくと慌てて背筋を正し、試験内容を説明した。

「最終試験はこちらの鉱石を全てあちらの部屋まで運んでいただきます。制限時間は十五分です」

「運ぶだけでいいんですか？　分かりました」

目の前には鉱石が山と積まれた大きな籠《かご》が三つ置かれていた。レベルアップした良一の力をもってしても、持ち上がるかどうか分からないといった代物。おそらく、普通なら中身を複数回に分けて運ぶという試験内容だろう。

しかし、アイテムボックスが使える良一にとっては最も簡単な試験と言える。

良一は三つの籠をアイテムボックスに収納し、指定された場所で取り出した。

「アイテムボックス持ちの方だったのですね、それはいい！　最終試験も合格です。手続きがございますので、しばらくここでお待ちください」

良一は指示通り椅子に座って待っていたが、その間も他の受験者は誰も来なかった。

話し相手もいないので魔導甲機の取り扱い説明書を読んで時間を潰していると、先ほどの職員が戻ってきた。

「石川良一様、ギルドマスターがお会いになりますので、こちらへどうぞ」

職員のあとについて会場を出て、廊下を進み階段を上がっていくと、ギルドマスター執《しつ》務《む》室《しつ》と書かれた扉の前に案内された。

「ギルドマスター、合格者の石川様をお連れしました」

「入ってくれ」

部屋の中から渋《しぶ》い男の声が聞こえた。

良一が部屋に入ると、中には大量の書類に囲まれた、立派な髭《ひげ》の年老《としお》いたドワーフがいた。

「久しぶりの合格者だな。魔鉱石の鉱脈が発見されてから希望者はかなり増えたが、ギルド員の弟子達数名を除けば合格者はいなかった。そんな中で誰にも師事せずに合格してくる奴がいるとは……正直驚いた。職員から聞いたが、アイテムボックス持ちで、何人にも分身ができるらしいな？　これは即戦力になりそうだ。期待しているぞ」

目の前のドワーフは一気に喋ると、一息ついてお茶を飲んだ。

「では登録を行おう。ギルドカードをこちらに」

良一からギルドカードを受け取ると、ギルドマスターは机の上にカードを置いて重々しい口調で宣言した。

「石工ギルドのギルドマスター、マーティスの権限で石川良一を石工ギルドの一員と認める」

木工ギルドのコッキスも同じようなことを言っていたので、お決まりの台詞《せりふ》なのかもしれない。

こうして、良一は無事石工ギルドのギルド員になった。

「魔鉱石を探しに行くなら、落盤《らくばん》には気をつけろよ。無茶な掘り方をすれば簡単に命を落とすからな」

マーティスはそう締めくくって良一を送り出した。

ギルドマスターの部屋から出ると、待っていた職員に別室に通され、良一は一時間ほど講習を受けることになった。

石工ギルドについては次の通りだ。

・ギルド員になると石工ギルドが保有する鉱山を掘削《くっさく》することができる。
・掘削して得た鉱石の四割はギルドに納め、六割は掘削者の取り分である。
・ギルド員は二人まで作業員を帯同《たいどう》できる。作業員はギルド員でなくても構わない。
・石工ギルドの提携店では商品価格が割引される。
・他のギルドで登録を行う際に優遇措置《ゆうぐうそち》がある場合がある。

その他、採掘時の注意点やルールなどを聞いて、講習は終わった。

「魔鉱石が出た鉱山は六番鉱山です。そちらに行って職員にギルドカードをお見せください」

良一が建物の外に出ると、まだ先ほどの少女の姿があった。

あれからずっと続けていたらしく、声は枯《か》れ、顔には疲労の色が滲《にじ》んでいる。

「お願いします。どうか鉱山に同行させてください。力仕事でもなんでもやります」

道行く人に頭を下げている女の子に近づいて、良一は声をかけた。

「俺で良ければ、ついてくるかい？」

「えっ……」

女の子は涙で腫《は》らした顔を上げ、良一を見上げた。

「俺はまだ石工ギルドのギルド員になったばかりだけどね」

良一はそう言って、石工ギルドのマークが入った複合ギルドカードを見せる。

「あ、ありがとうございます！」

女の子は良一の手を握ると、涙を流しながら何度も頭を下げた。


良一達は早速鉱山に向かいながら、道すがら互いに自己紹介して情報を交換した。

女の子の名前はメアといって、事情はおおよそ事前に聞いていたとおりだった。

「あの……石川さんは、どうして私を同行させてくれるんですか？」

泣き止んだメアは歩きながら上目遣《うわめづか》いで尋ねてくる。

「突然お父さんが亡くなったと聞いてね。俺も去年父を亡くしたから、共感を覚えたんだ。まだ小さいのに大変だったね？」

「は、はい。でも、私がなんとかしないと、妹のモアが……」

「妹さんは？」

「家で寝ています。半月ほど前に病気になってしまって……。妹に飲ませる薬のお金が必要で、父はだいぶ無理をして鉱石を掘っていたんです」

メアの話を聞いているうちに、里の外《はず》れにある六番鉱山付近に辿り着いた。

「石工ギルドのギルドカードをお見せください」

鉱山の入口には鎧《よろい》をつけた警備《けいび》の男達が立っており、二人が近づくと声をかけてきた。

良一は石工ギルドのマークが入ったギルドカードを見せ、メアは同行者だと告げる。

警備兵はそれらを確認すると、道を譲《ゆず》って穏やかに微笑んだ。

「初めての方ですね、ようこそ六番鉱山へ。良かったなメアちゃん、同行させてもらえたのか」

「石川さんから誘っていただいたんです」

坑道の前にはギルドの出張所として簡易的な小屋が建てられていて、大勢の人が溢れている。

良一達が近づくと、現場監督の職員が坑道内の簡易的な地図を手に説明した。

今掘られている坑道の入口は二箇所。好きに掘っていいが、魔鉱石が出たのは鉱山の最《さい》深部《しんぶ》であるとのことだ。

　しかし、坑道の入口はどちらも混み合っていて、中に入ってもまともに掘る場所があるか怪しかった。

　そこで良一は、別の場所から掘削しようと考えた。

「こんなに人が一杯いる中で掘っても、借金を返せるほど鉱石を採《と》れないだろうから、俺達は離れた所に行こう」

「でも……鉱脈はかなり奥だそうですよ。一から坑道を掘ってそこに到達するのは時間がかかるんじゃないでしょうか」

　いずれにしても、そう簡単に魔鉱石が掘れそうにないと分かり、メアの口調から元気がなくなってくる。

「大丈夫、任せて」

　良一は先ほど見せてもらった坑道の地図と万能地図を照らし合わせ、おおよその鉱脈の位置を予想して、山の斜面《しゃめん》に沿って回り込んでいく。

　二人は周囲に人が全くいない場所で準備を始めた。

「ところで、石川さんは作業着やツルハシを持たなくていいのですか？」

「道具は全部アイテムボックスに入れてあるんだよ。でも、ツルハシじゃあ時間がかかるから、別の物を使おうと思っているんだ。ちょっと離れてくれるかな？」

　良一はアイテムボックスから、トンネル掘削用魔導甲機と工材運搬用魔導甲機を取り出した。

どちらも履帯がついた車両型で、トンネル掘削用は正面に大きなドリルが備《そな》えられている。

「な……なんですか、これは！」

突然現れた二体の巨大機械に、メアは唖然《あぜん》とする。

「これは魔導甲機といって、遺跡《いせき》から発掘《はっくつ》した物だよ」

用途はトンネル掘削用だが、マニュアルによると、アタッチメントをつければ鉱石採掘にも使えるとのことだ。良一は早速分身を召喚して、換装《かんそう》作業に取りかかった。

工材運搬用はトンネル掘削用に連結でき、掘り出した鉱石を自動的に積載《せきさい》してくれるらしい。

「準備は終わったから、乗り込もうか」

トンネル掘削用の魔導甲機の操縦席は広く、大人三人まで乗り込める。

「こ、これに乗るんですか……」

すっかり腰が引けているメアの手を引いてタラップを上がり、良一は操縦席に腰を下ろした。

「じゃあ、掘削していこう」

マニュアル片手に魔導甲機を起動させ、ボタンを操作すると動力機関が重厚な唸りを上げ、機体が小さく振動する。

後部座席に座ったメアは何が起こっているか分からず、怖がって良一の首にしがみつく。

動作はセミオートで、複雑な操作はほとんど必要ない。魔導甲機は掘削と同時にトンネルの成形と補強を行い、含有率《がんゆう》の高い鉱石があれば自動的に分類、回収してくれる。

「鉱石の分布や他の坑道の所在《しょざい》もレーダーで分かるのか、便利だな。このペースだと魔石の鉱脈までおよそ一時間かかるから、しばらくは暇になりそうだ」

魔導甲機には鉱石探知機が搭載《とうさい》されており、計器の画面には魔鉱石やその他の有用な鉱石の分布状況が表示されている。

トンネルを作り上げながらなので移動速度は遅いが、目的地まで的確に進むので効率は良さそうだ。

「驚きすぎて、何もしていないのに疲れました」

メアが後ろの席からため息交じりの声を出す。

「ずっとギルドの前で頭を下げていたんだから、そりゃ疲れてるでしょ？　寝ていてもいいよ」

「いえ、起きています。私の事情で同行させてもらったので」

「じゃあ何か食べようか、お腹は空《す》いてるかい？」

「す、空《す》いてないです」

メアは慌てて否定するが、その言葉は嘘《うそ》だとすぐに分かる。体の線は細く、ロクに栄養を取っていないことは明らかだ。

「どうせ鉱脈に着くまで時間があるから、その間何もしないのも勿体《もったい》ないでしょ？」

良一はメアをなだめながら、アイテムボックスの中身を確かめて何がいいか考える。

そして、地球から持ってきたドーナツを、持ち帰り用の紙箱ごと取り出した。

「メアちゃんはどれを食べる？」

良一は自身が座る操縦席に分身を座らせて後ろへと移動する。

「なんですか、これは……？」

「これはドーナツという食べ物だよ。揚《あ》げたパンみたいなものかな」

細長い紙箱の上蓋《あげぶた》を開けると、操縦席内に甘い香りが広がる。

口では否定していたが、やはりお腹が空《す》いていたのだろう。メアは箱の中身から目を離せないようだ。

「一つ食べてみなよ」

良一が促すと、メアはおずおずとチョコレートのドーナツを手に取り、小さくかじりつく。

「美味しいです。……凄く、美味しいです！」

最初は少しずつ口に運んでいたメアだったが、段々と食べるスピードが上がり、あっという間に食べ終わってしまった。良一が他のドーナツも勧めると、メアは躊躇《ためら》いながらも手に取り、三個目四個目と次々に食べていった。

ドーナツだけだと喉が渇くと思い、マグカップに注いだ牛乳も取り出すと、メアはあっという間に飲み干す。

結局、十個あったドーナツは全て無くなり、牛乳も一滴《いってき》残らず空《から》になった。

「美味しかったです――あっ」

メアは空《から》になった箱を見て顔色を青くし、平謝《ひらあやま》りする。

「ご、ごめんなさい。つい、全部食べちゃいました……すみません」

「大丈夫、まだまだたくさんあるから」

良一はそう言って追加のドーナツをアイテムボックスから取り出してなだめるが、メアは涙を流しはじめてしまった。

「どうした、どこか痛いのか？」

「石川さんは……なぜ見知らぬ私に親切にしてくれるんですか？　こんな何もできない私に手を差し伸べてくれるなんて、どうしてですか」

メアは感極《かんきわ》まって泣きじゃくり、震える声でそう聞いた。

「君に手を差し伸べたのは、ただ俺がそうしたかったからだよ。偽善《ぎぜん》や自己満足でしかないかもしれないけどね」

「よく、分からないです」

メアはそう言ったが、その顔には笑みが戻っていた。

それからしばらくメアの妹やお父さんの話を聞いていると、計器の表示が点滅《てんめつ》し、目的地に着いたことを知らせた。

「さあ、魔鉱石が採れる地点に来たよ。一度外に出てみようか」

二人は魔導甲機から降りて懐中電灯で辺りを照らす。

後方には補強された綺麗なトンネルができていて、落盤の心配はなさそうだった。

「凄いですね、こんなトンネルを一瞬で作ってしまうなんて……あの私でも鉱石を掘れますか？　石川さんのお世話になってばかりじゃなくて、少しでも自分の手で作業したいんです」

「じゃあ、ツルハシを貸すから、外で手掘りしてみよう」

トンネルを確認した後、もう少しだけ掘り進めてから、良一はメアの要望を受けて一緒に手作業で魔鉱石を採掘してみた。

分身体を召喚し、ツルハシを使って採掘してみると、レーダーの反応通りに魔力を帯《お》びた鉱石がザクザクと出てきた。

初めて魔鉱石を目にしたが、見た目には鈍く虹色《にじいろ》に光る結晶である。大きさは米粒からサッカーボール程まで様々だった。

メアも作業がしたいと言うので、良一は自分が持っていたツルハシを渡して分身体と一緒に壁を掘らせた。

不慣れな彼女が少し掘るだけでも魔鉱石はボロボロ出てくる。

メアは驚きながらも掘る手を止めない。

良一はその間に、運搬用の荷台に大量に溜まった魔鉱石をアイテムボックスに回収していった。

「いっぱい取れましたね」

一時間ほどで採掘をやめたが、大量の魔鉱石が採掘できた。

「これで、どれぐらいのお金になるのかな」

バケツを五個用意して、掘り出した魔鉱石の中でも純度《じゅんど》が高そうな物を詰め、魔導甲機の操縦席に持ち込む。

そのまま魔導甲機に乗って戻ったが、帰路はトンネルを掘削しない分、あっという間だった。

外に出ると、夕日が鉱山を赤く染めはじめていた。

「もう夕方ですね。ギルドに換金しに行きましょう」

良一はトンネルの入口を土魔法で粗《あら》く塞《ふさ》いで、目印として地図にマークをつけておいた。

「良一さん、早く早く」

メアは少し早足で石工ギルドの出張所へと急ぐ。

採掘が成功してすっかり安心した上に、メアも良一に慣れてきたので、〝石川さん〟ではなく下の名前で呼ぶようにお願いした。

鉱山入口の石工ギルド出張所の鉱石引き取り窓口は、他の鉱夫達も作業を切り上げて帰ってきたのか、かなり混雑して列ができていた。

並んでいるのは人間の鉱夫だけでなく、ドワーフと思《おぼ》しき背が低く筋肉質な男達の姿も目立つ。

「混んでいるね」

「そうですね」

メアはピョンピョン跳ねて列の先を見ようとするが、背が低いドワーフならまだしも、人間の大人の胸くらいの高さにしかならず、結局諦めてしまった。

良一は子供らしい仕草にほっこりした気持ちになりながら、順番を待ち続ける。

太陽が完全に沈《しず》んだ頃、ようやく良一達の番が回ってきた。

「採掘してきた鉱石をこちらにお願いいたします」

指示されたテーブルの上に魔鉱石が入ったバケツを五個並べると、職員の男は驚きを露わにした。

「こ、こちらは全て魔鉱石ですか⁉　少々お待ちください」

職員はすぐに後ろで作業をしていた別の男に話しかける。

もう一人の男は作業の手を止めて急いでこちらにやって来ると、一言も喋らずに良一達が取ってきた魔鉱石を鑑定しはじめた。

「質も大きさも申し分ない。それをこんなに大量に……⁉　どの坑道で採掘をしたのですか」

鑑定を終えた男性が目を見開いて聞いてきた。

メアはあまりの剣幕《けんまく》に怯《おび》えて良一の服の裾《すそ》をギュッと握りしめる。

「所長、女の子を怖がらせていますよ」

職員に耳打ちされ、男は幾分《いくぶん》冷静さを取り戻し、頭を下げる。

「ああすまん。私はこの石工ギルド出張所の所長をしているメダコだ。高品位な魔鉱石を大量に見て、つい興奮してしまってな。それで、これはどこで……？」

「もちろん、六番鉱山です。この子と一緒に採掘してきたんです」

「そうか、そうだな。詳細な採掘場所は教えられんよな。……いや、失礼。見たところ、この魔鉱石は質も大きさも最高だ。ギルドに納める分を除いても、白金貨五十枚にはなる。もちろん概算《がいさん》でだ。すぐに精査《せいさ》するが、値段が上がっても下がることはないと断言しよう」

さっきまで怯えていたメアが、今度はメダコが告げた値段に驚いて、口を開いて呆然としている。

「まずは即金で白金貨五十枚。精査した後の差額は後日支払うので、この換金札を石工ギルドの受付に持って行ってくれ。何分《なにぶん》、今は忙しいから数日かかるが、ご容赦《ようしゃ》いただきたい」

「分かりました。ありがとうございました」

良一が金を受け取る間もメアは驚いて口を開けたままで、背中を押されて出張所を出たところで、ようやく我に返った。

「とりあえず、これだけあれば借金は返せるよね？」

「ええ、そんな……！　あのあの……私、こんな大金になるなんて思わなくて……」

「まだたくさん確保してあるから、俺の取り分のことは気にしなくていいよ。さてどうする？　妹さんには少し待ってもらうとして、先に金貸しの所に行って借金を返してしまおうか」

良一の提案を聞いてメアは躊躇いがちに頷いた。

万能地図で場所を確認し、良一はドワーフの里に一軒だけある金貸しの所に向かった。

「ここだろう？　お父さんがお金を借りていたのは」

「そうです」

「じゃあ入ろうか」

すでに日が暮れて暗くなっていたが、看板は出ているので営業しているようだ。

「ごめんください」

「はい何用でしょうか、お客様ですか？」

良一が声をかけると、奥から店主と思《おぼ》しき男性が出て来た。

「ああ、メアさんも一緒ですか。何度来てもダメです、借金の返済は延《の》ばせませんよ」

男はメアの姿を見るなり、表情を引き締めて首を横に振った。

「違うんです。メアちゃんは借金を返しに来たんです」

「あなたが……肩代わりをするのですか？」

「いいえ、彼女が自分で得たお金で返すんですよ」

良一がそう言うと、男は訝しげに眉を寄せた。

「失礼ですが……借金の額をご存知ですか？」

「ええ、白金貨二十五枚ですよね。メアちゃん……」

メアは良一に促されて、机の上に石工ギルドで受け取った白金貨を二十五枚積んだ。

「こ、これは……！　確認させてもらいます」

金貸しの男性は一瞬言葉を失いながらも、白金貨を一枚ずつ丁寧に数える。

「確かに白金貨二十五枚をいただきました。これで借金は全て返済されました」

その言葉を受けて、メアは大きく安堵《あんど》の息を吐き、頭を下げた。

「ありがとうございました。ネーマさん」

「けれど、短期間でこんな金額、どうやって？」

「こちらの石川良一さんが、魔鉱石の採掘に同行させてくれたんです」

「そうですか。親切な方に会えてよかったですね」

ネーマはそう言うと、良一に向きなおって微笑んだ。

「石川さん、私は貨幣《かへい》の神ビエス様の下で金貸しをしています。非情と思われるかもしれませんが、私の感情がどうであれ彼女達の借金を帳消《ちょうけ》しにすることはできない。お父さんが亡くなって、返済どころか日々の生活もままならなかったのは知っています。ですが、これは神の名の下に交わされた契約。ビエス様は借金を返さない者には神罰《しんばつ》を与えます。私はこの商売をしていて何人も神罰を受けた人達を見てきました。彼女達がそうならずに済んだことを、改めて感謝します」

それからネーマに見送られ、良一達は金貸し屋を後にした。

「良一さん、こっちです」

良一は借金返済を見届けたらメアとは別れようと思っていたものの、彼女がどうしても妹に会わせたいと言ってきかなかったため、遅い時間だったが家まで付き合うことになった。

そういえばギオ師匠から飲みの誘いを受けていたと思い出したが、事情を説明すれば許してくれるだろうと考えて諦める。

「ここです。ここが私のお家です」

メアが足を止めたのは、木造のかなり年季《ねんき》が入った家の前。暗くて外観《がいかん》ははっきり分からないが、ボロ家であるのは間違いない。

「妹にもお礼を言わせたいので、どうぞ中に入ってください。汚れていてすみません」

扉を開けるとすぐにダイニングになっていて、テーブルが一つに椅子が三脚、台所には小さな竈と戸棚があるだけという殺風景《さっぷうけい》な部屋だった。

さらに奥にはもう一部屋あって、三つ並んでいるベッドの一つに女の子が横になっていた。

「モア、少しだけ起きられる？」

メアが声をかけると、幼い女の子の声が返ってきた。

「なあに、お姉ちゃん。誰かいるの？」

月明かりだけに照らされた薄暗い寝室で、モアと呼ばれた女の子が身をよじって視線を向けた。

「モア、この人は石川良一さん。この人のおかげで私達の借金は完済できたんだよ」

「えっ、借金が……なくなったの？」

モアは弱々しい声で驚きを表す。

「そうだよ、私達は奴隷にならなくても良くなったんだよ。離れ離れにならなくてもいいんだよ」

「本当に？　お姉ちゃん……‼」

メアがベッドの脇に歩み寄って、姉妹は涙を流しながら抱擁《ほうよう》を交わす。

良一はその光景を見て胸が熱くなるのを感じた。

しかし、妹のモアが何か病《やまい》にかかっていることを思い出し、即座に《神級鑑定》を使って状態を確かめてみた。

モア・ベロール
レベル：３
生命力：３／４０　魔保力：０／２０
攻撃力：１７　守備力：１５
速走力：１３　魔操力：１０
魔法属性：火、水、土、風
所持アビリティ：上級幸運
状態：上級呪印《じゅいん》（虚弱《きょじゃく》・肉体弱化・魔保力減少・病《やまい》誘発・不幸体質）

神の加護：なし

ステータスによると、どうやら〝上級呪印《じゅいん》〟というものが悪さをしているらしい。

良一はモアを怖がらせないように、穏やかな口調で呼びかける。

「こんばんは、モアちゃん。石川良一と言います。少しだけお姉ちゃんとお話をしていいかな」

「はい」

良一はメアに耳打ちしてモアの状態を告げた。

「俺の持っている魔法書に解呪《かいじゅ》の仕方が書いてあったはずだから、試してもいいかな」

メアはショックを隠せない様子だったが、良一の提案にはしっかり頷いてくれた。

改めて椅子に座り、良一は闇の上級魔法書をめくって呪印に関するページを探した。

ほどなくお目当てのページを見つけて、詳しく読んでいく。

「解呪の魔法はこれか。少し複雑だけど、分身体と一緒に多重で魔法を使えばいけそうだな」

良一は早速二人の許可を得て、解呪の準備を進める。

「……我は汝《なんじ》の束縛《そくばく》を解き放ち、闇より出《い》でし者の祝福を解き放たん。しかし我が与えしは小さな希望なり」

魔法書の記述を頼りに長い呪文を唱え、分身体と同時に解呪の魔法を発動する。

すると、モアの体から紫色に発光する靄《もや》が滲み出て、やがてそれは光の粒になって暗闇に溶《と》け出すように霧散した。

《神級鑑定》で確認すると、上級呪印が消えていた。

「成功したよ。これでモアちゃんは健康になるはずだ」

良一がそう告げると、メアはモアの体をぺたぺたと触りはじめる。

「熱は下がった？　体は痛くない？　手は痺《しび》れていない？」

「うん。お姉ちゃん、どこも痛くないし、痺れてもいないよ。石川さんの魔法を浴びたらスーッと気分が良くなって、病気が治ったみたい」

「モア、本当に治ったんだね！」

再び二人は抱《だ》き合い、今度は良一の目も憚《はばか》らず、長いこと声を上げて泣いたのだった。

「何から何までありがとうございました。良一さんが声をかけてくれなかったら、私達はバラバラになって……きっと絶望しかありませんでした」

「ありがとうございました」

二人はようやく体を離して、揃って良一に頭を下げた。

「お礼なんていいんだよ」

「でも、それじゃあ私達は与えられているだけです」

「今回のことは運が良かったんだって思ってよ。俺は二人を助けられただけで満足だし」

「何から何まで……本当にありがとうございます。ところで、良一さんは、これからどうするんですか？」

「俺はイーアス村から買い出しでここに来たんだ。だからもうじき戻らなきゃならない。将来の話をするなら、色々な所に旅をしたいと考えているかな」

「そうなんですね……」

メアはそう言って寂しそうに目を伏《ふ》せると、何やら小声でモアと相談しはじめた。

「あの、図々《ずうずう》しいお願いだとは分かっているんですけど……私達を一緒に連れて行ってもらえませんか？　なんでもしますから。頼れる人が良一さんしかいないんです。どうか、お願いします」

「お願いします」

メアに続いてモアも頭を下げる。

良一は困惑しながら少し考えるが、決断できずに答えを先延ばしにした。

「今日は色々なことがあったから、一度休んで明日また話し合おう。モアちゃんは病《や》み上がりなんだし、力が出るものを食べてよく寝なきゃ」

良一は何か食べやすいものをと考え、二人のためにうどんを作ることにした。かけうどんでは味気《あじけ》ないし、体力もつかないので、良一も好きな肉うどんである。

アイテムボックスからカセットコンロや鍋を取り出し、手早く準備を進める。

玉ねぎと牛肉を砂糖《さとう》と醤油《しょうゆ》で煮込《にこ》んで味付けし、刻んだ長ネギを散《ち》らしてかまぼこを載せれば完成だ。

ダシの良い匂いが漂い、姉妹のお腹の虫がくーっと可愛《かわい》らしい鳴き声を上げる。

「さあ、簡単だけどできたよ。食べようか」

うどんを差し出すと、二人はフォークで一生懸命にすくって食べはじめた。

「良一さん、とても美味しいです！」

「こんなに美味しいもの食べたことない」

良一は、すっかり夢中になってうどんを頬張る二人を微笑ましく見守りながら、箸《はし》を使って食べる。

二人とも凄い勢いで肉うどんをすすっていき、汁を最後の一滴まで飲み干してしまった。

大人の男である良一とほとんど時間差なく食べ終えたので、よほどお腹が空《す》いていたのだろう。

良一がリンゴを剥いてやると二人はこれもペロリと平らげた。

腕時計を見ると結構遅くなっていたので、良一は宿に戻ることにした。

「それじゃあ、俺はこの辺で」

「また明日も来てくださいね」

「おやすみなさい」

二人に見送られ、宿屋に戻ると一日の疲れがどっと押し寄せてきて、良一はベッドに倒れ込むなり意識を失うように眠った。

◆◆◆

「おはよう、良一さん。昨日は遅かったみたいだけど、何をしていたの？」

良一がいつもと同じ時間に目を覚まして食堂に行くと、マリーとナシルが朝食をとっているところだった。

二人に誘われて、良一も同じテーブルに着く。

「昨日は午前中に木工ギルドに行って、昼に冒険者ギルドで登録と素材の換金をお願いして、その後に石工ギルドで登録をして、鉱山で魔鉱石を掘ってきたんだよ」

「そんなに……。どれだけ濃《こ》い一日を過ごしているのよ」

「今日は鍛冶ギルドに入ったりしてね」

若干呆れ気味なナシルに、マリーは冗談で応じた。

「良一さん、今日は私達と一緒に回る？」

「今日もちょっと行くところがあって、ゴメンね」

「そうなんだ。じゃあ私は今日もナシルお姉ちゃんと一緒にお店巡りだね」

そうして二人はまた楽しそうにキャッキャと笑い合う。


食事を終えた良一は、メアとモア姉妹のいる家へと向かった。

「おはよう、メアちゃんにモアちゃん」

良一が扉をノックすると、すっかり元気になった二人が出迎えた。

「おはようございます。良一さん」

「おはよう、良一兄ちゃん」

「二人はもう食事したの？」

「はい、パンを食べました」

「けど、昨日の夜食べたものの方が美味しかった」

メアは少し遠慮していたものの、モアは露骨《ろこつ》に物足りなそうだ。

「食べ足りないなら、何か作ろうか？」


「本当に⁉」

さすがにパンだけでは味気ないだろうと心配した良一は、早速ソーセージを焼き、スクランブルエッグも作り、レタスとトマトだけの簡単なサラダも用意して振舞った。

「凄く美味しい」

メアとモアの歓声で、質素な家の中が明るい雰囲気で満たされる。

良一は父を亡くして以来久しく感じていなかった、家庭での安《やす》らぎを覚えた。

同時に、今後二人がまた辛い目にあったら……と考えると、胸が張り裂けそうだった。

スターリアの社会においては、姉妹は自分達の力で生きていくのが当たり前なのかもしれない。しかし、良一にとって、メアとモアはあまりに幼く、弱い存在に映った。

ご飯を頬張って幸せそうに笑い合う二人の顔を見て……彼の心は決まった。

「二人は、俺と一緒に来たい？」

「はい、お願いします」

「良一兄ちゃんと一緒がいい」

良一の質問に、姉妹は真剣な表情で頷いた。

「分かった……じゃあ、一緒に行こうか。でも、旅をするから危険かもしれないよ」

「構いません、お願いします。ね、モア？」

「うん」

「よし、じゃあ今日から俺達は家族だ」

これが、異世界に来た良一に、妹が二人できた瞬間だった。

「しかし、勝手に連れ出して問題になっても困るな。何か手続きが必要な気がする……」

二人を妹にすると宣言したはいいが、日本と違って何をすればいいのか分からない。

良一はギオに尋ねてみることにした。

メアとモアを伴《ともな》って三人でドワーフの里を歩く。

モアはまだ体力が完全に戻っていないはずだが、〝病気も治ったし歩きたい〟と言って良一に同行した。せっかく家族になったのだから、一人だけ置いて行かれるのが嫌だったのかもしれない。

木工ギルドが提携している宿に着くと、ファースが駆け寄ってきた。

「あれ良一、そのお嬢ちゃん達は？　いくらなんでも、彼女にするには幼すぎるんじゃないか？」

「違うって、変なこと言うなよ、ファース」

良一は苦笑しつつ、二人を紹介した。

「こっちがメアちゃんで、こっちがモアちゃん。親を亡くして身寄りがないんで、俺が引き取ることにした。ただ、どんな手続きが必要なのか分からなくてな。ギオ師匠だったら知っていると思ったんだけど」

「そういうことか。残念ながら、ギオ師匠は飲みすぎでダウンしているんだ。あの様子じゃあ夕方までどうにもならないな」

「そっか……ファースは何か知らないか？」

「身寄りがないなら問題になるのは税金の関係だけだろうから、代官の所に行けばいいと思うぜ」

良一はファースに礼を言うと、早速地図を頼りに代官の館《やかた》に足を運んだ。

そこは役所のようになっていて、入口は大きく開放され、ドワーフ、人を問わず、里に住む者が次々と中に入っていく。

「よし、行くか」

中は小ホールになっていて、ギルドと同じようにカウンターが連《つら》なっている。

どこに行けばいいのか分からなかったので、良一はとりあえず人が少ない列に並んだ。

「次の方、ご用件を伺います」

「この二人の女の子を家族にしたいんですけど」

「それは、結婚なさるということですか？」

受付の女性が三人に不審な目を向ける。

「いえ、妹にしたいんですけど」

「それなら、四番窓口で手続きをお願いいたします」

職員に言われたとおりに四番窓口に行くと、今度は別の窓口に案内され、散々たらい回しにされた後、ようやく手続きが始まった。

「なるほど、妹として家族になりたいと。石川さんはドワスで住民登録はしていませんね。でしたら、メアさんとモアさんの保護者を石川さんに委任するということで受け付けます」

いざ話をすると、呆気ないほど簡単に認められた。

「それで、お嬢さん達が暮らしていた家には税金がかかるのですが、いかがなさいますか？」

二人は当分里を離れることにはなるが、実家が無くなるのも可哀相《かわいそう》だと考え、良一は税金を払うことにした。

「税金の先払いはできますか？」

「ええ。ベロール家に掛かっている税金を調べてまいりますので、少々お待ちください」

時間が経ちメアとモアは若干暇そうにしている。

「お待たせいたしました。ベロール家の税金は一年で金貨十枚です」

「なるほど、じゃあ三十年分前払いしておこうかな」

「三十年分ですか……金貨三百枚、白金貨だと三十枚ですね」

「良一さん、そこまでしなくても……」

金額を聞いたメアは申し訳なく思ったのか、静かに首を横に振った。

「心配しなくても、昨日の魔鉱石で充分まかなえるから」

結局、税金を先払いして、お役所での手続きは終わった。

「いつ里を出発するんですか？」

三人並んで歩いていると、メアが尋ねた。

「予定では、明後日《あさって》だね」

「お兄ちゃんがいるなら、どこにでも行く」

モアは無邪気《むじゃき》に良一の足にしがみつく。

「じゃあ、これから家に戻って荷物をまとめないとな」

日常で使うものは良一が地球から持ってきた物を複製すれば事足《ことた》りるので、二人には旅に持っていきたいものを中心に荷造《にづく》りさせることにした。

「すぐに終わります。そもそも私達は物をあまり持っていないですし……」

「じゃあ、服なんかもそんなに持ってないのか。なら、終わったら買いに行こうか」

さすがに良一が地球から持ってきた荷物に女物の服はないので、荷造りを終えた三人は里の商店街に買い物に行くことにした。

「あー、良一さんが女の子とデートしてる」

良一達が商店街を歩いていると、買い物中のマリーとナシルに声をかけられた。

「やあ、マリーちゃん、ナシルさん。二人とも、お店巡りの最中？」

「そうよ。それより、そっちの可愛い娘を紹介してほしいな」

ナシルがそう尋ね、マリーも興味津々の様子で姉妹を交互に見ている。

良一はメアとモアの背中に手を添《そ》えて二人を紹介した。

「俺の妹になった、メアとモアだよ。ついさっき手続きしてきたところだ」

「メアです。十二歳です」

「モアです。七歳です」

二人の自己紹介を聞き、そういえば二人の年齢を聞いたのは初めてだったと良一は驚いたが、マリーとナシルは呆然と固まってしまった。

「妹って……どういうこと、ついさっきって？」

「君は、半日も経たないうちに何をしているの」

責《せ》め立てるような視線を受け、良一の額《ひたい》に嫌な汗が滲む。

往来《おうらい》で立ち話もなんだからと、五人は連れ立って軽食屋へと入った。

皆朝食を食べたばかりなので、良一は全員分の果物のジュースを頼んだ。

腰を落ち着けて昨日の出来事を詳細に語ると、誤解《ごかい》が解けたらしく、ナシルは苦笑しながら肩をすくめた。

「それで石工ギルドに入るなんて、お人好しがすぎるわね」

「まあ、良一さんが決めたんなら良いと思いますよ。奴隷になって姉妹が離れ離れになるなんて、悲しいですから」

マリーは呆れながらも、メア達を引き取って妹にしたことについては非難《ひなん》しなかった。

「それで、イーアス村には私達と一緒に帰るんでしょう？」

「そうだね。今後何をするにしても、一度イーアス村に戻ってルティアさん達に挨拶したいしね」

「そっか」

良一がメアとモアの旅用の服を買いに来たと知ると、マリー達はオススメの店を教えてあげると張り切りだし、一緒に洋服店巡りをすることになった。

「アイテムボックスを持っている人と買い物してると、荷物を運ばなくても良いから、いっぱいお店を回れて助かるわ」

ナシルは上機嫌で買い物を進めていく。

最初は年上の二人に気後れしていた姉妹だったが、一緒に店を巡っているうちにすっかり仲良くなり、手を繋ぐほどになっている。

時間はあっという間に過ぎ、昼食後も夕方まであちこち回り、洋服だけでなくアクセサリーの店なども巡ったのだった。

◆◆◆

翌朝、五人は山の泉亭の食堂で朝食の席に着いていた。

良一達がドワーフの里に滞在《たいざい》する最後の日。明朝にはイーアス村へと出発することになる。

昨日、買い物ですっかり皆と打ち解けたメアとモアは、家に帰らず良一達と一緒に山の泉亭に宿泊した。暖《あたた》かい季節とはいえ、隙間風《すきまかぜ》が吹く家に泊まらせるのは不憫《ふびん》だったので、空《あ》いていた部屋を取ったのだ。

「メアちゃんとモアちゃんは、お友達に挨拶しに行かなくて良いの？」

パンをかじりながら、マリーが聞いた。

「そっか……良一兄ちゃんと一緒に出かけたら、しばらく会えないもんね。後でバイバイしてくる！」

モアは一昨日まで寝込んでいたとは思えないほど、元気ハツラツに答える。

出会った時の大人しい印象は病気で弱っていたせいで、これが彼女の本来の性格らしい。

「私も、色々お世話になった近所のおばさんやおじさんに挨拶に行ってきます。あとは、友達にも……。お父さんが死んだ後、酷《ひど》いことを言って喧嘩別れしたきりだから、謝っておきたいんです」

メアもそう言って、パンに小さな口でカプリと噛みついた。

「じゃあ、俺はその間にメアとモアのお家を修理しておこうかな。今のままだとあちこちガタがきてて、雨風にさらされたら心配だから」

「凄い！　良一兄ちゃんは、お家を直せるの？」

「ああ、任せておけ」

興奮するモアに、良一は力強く答えた。

食事を終え、メアとモアは友達の家へ挨拶回りに行った。

二人にはマリーとナシルが付き添ってくれたので、良一は安心して家の修理に専念できた。

昼間改めて見ると、メアとモアの家の外観は酷いものだった。

壁板はところどころ腐食《ふしょく》していたり、歪《ゆが》んで隙間ができていたりして、放置しておけばすぐにダメになりそうだ。

良一はイーアス村で伐採した木材を適度な大きさに切り出し、ネイルガンで釘《くぎ》を打ち込んでいく。

パシュッ、パシュッと小気味よいリズムが響き、あっという間に補強材が固定された。

本業は電気工事だったが、父親が日曜大工を趣味にしていたので、大工道具はそれなりに揃っている。

少々古いが電動工具もあるので効率よく作業を進められ、外部の補修《ほしゅう》はほとんど終わった。

良一が休憩していると、作業を見ていた一人のドワーフが話しかけてきた。

「兄さん、あっという間じゃないか。それにしても、不思議な道具を使っているな？」

「自分の故郷の釘を打つ道具です」

「ほう。随分と手際が良いが、あんたどこのギルドの者なんだい？」

「木工ギルドと冒険者ギルドと石工ギルドです。でも、石工ギルドは一昨日登録したばかりで、全然仕事をしていませんけど」

「ははは、結構面白《おもしろ》い状況だな」

「そうですか？」

ドワーフは良一の話を聞いてますます興味を持ったらしく、近づいてきてポンと肩を叩いた。

「どうだ、そんなにギルドに入っているなら、もう一つ入らないか、鍛冶ギルドにな」

「えっ、急になんの話ですか？」

「人手不足なんだよ。魔鉱石で石工ギルドが活気づいているだろう。その影響で、今ツルハシやら何やらの生産が追いつかないんだ。ずっと働きっぱなしで、この有り様さ」

そう言ってドワーフは自分の顔を指差してみせた。

見ると、目の下に濃いクマができており、体格が良い割に不健康そうな雰囲気を纏っている。

「まあ、ただの戯言《ざれごと》だ。聞き流してくれ。けど、興味があるならいつでも来てくれよ」

そう言い残して、ドワーフは去っていった。

「な、なんだったんだ？」

若干面食《めんく》らったものの、良一は気を取り直して残った内装の修理を行なった。

そうして、昼前には家の修理は全て完了した。

「良一兄ちゃん、ただいま」

「挨拶をしてきました」

ちょうどそのタイミングで、メアとモアが帰ってきた。

お別れで少し泣いたのか、メアはわずかに目が赤くなっていたが、表情は晴れ晴れとしている。友達との仲直りはできたらしい。

「マリーちゃん、ナシルさん、二人に付き添ってくれてありがとうございました」

「いいよ、二人とも可愛いから！」

理由になっていない理由を言うマリー。

「ちゃんと挨拶ができて、偉《えら》かったよ」

ナシルは年長者の余裕を見せて応じた。

「さて、お昼だし、どこかに食べに行こうか？」

「良一兄ちゃんの作ったご飯が食べたい」

良一が提案すると、モアが即答した。

他の者達からも反対意見が出なかったので、良一は料理を作ることにした。

「どうしようかな……俺も大工仕事をしてお腹が空《す》いたし、スパゲッティにでもしようか」

「スパゲッティ？　何それ、聞いたことない」

メアとモアの期待の眼差しを背に受けながら家の中に入ると、良一はカセットコンロを出して深めの鍋で湯を沸《わ》かした。沸騰《ふっとう》したら塩をひとつまみ入れて、五人分以上のパスタを茹《ゆ》でる。

その間玉ねぎとピーマン、ソーセージを刻み、パスタが茹で上がったらフライパンに移して一緒に炒めはじめた。

最後にトマトケチャップを絡《から》めて、ナポリタンの完成。

カセットコンロの火力は弱かったが、ベチャベチャな感じにはならなかったので上出来だ。

「さあ、できたぞ」

小さなテーブルに五人分の皿を並べると少々手狭《てぜま》なうえ、椅子が足りなかったが、良一がアイテムボックスから折りたたみ椅子を取り出して、数を合わせた。

食べはじめるなり、モアは興奮のあまりほっぺたを押さえて足をばたつかせる。

「美味しい！　一昨日食べた白いのも美味しかったけど、こっちの方がもっと好き！」

どうやらモアにはうどんよりもナポリタンの方が口に合ったらしい。

「美味しいです。良一、兄さん……」

メアはまだ〝兄さん〟と呼ぶのが恥《は》ずかしいのか、躊躇いがちにそう言った。これも一緒にいれば追い追い慣れるだろう。

二人がナポリタンをパクパク食べる姿はなんとも微笑ましいものだった。

「良一さんは料理できるし、木工ギルドに石工ギルドのギルド員になったし、本当に凄いね」

「マリーの言うとおり。こんな美味しい料理は初めて」

マリーとナシルも気に入ったようで、昼食の時間はワイワイ楽しく過ぎていった。

スパゲッティを食べ終わったモアの口の周りがケチャップで赤く染まっていたので、良一はティッシュで口を拭ってやる。

それを見て、メア、マリー、ナシルも自分の口元の状態に気がついて、慌てて拭いはじめた。

「デザートに、プリンでも食べようか？」

良一は一人一個ずつプリンを取り出し、スプーンを渡して食べ方をレクチャーする。

皿の上で、逆《さか》さにした容器の底の突起《とっき》をプチンと折り、プリンを取り出すと、みんなが感嘆《かんたん》の声を上げた。

「何これ～、プルプルしてて、スライムみたい！」

モアは元気いっぱいで、彼女の笑顔にその場の空気が一気に華《はな》やぐ。

プリンも全員の口にあったようで、食後の時間はマッタリ過ぎていった。

良一はくつろぎながら、午後の行動を考える。

まずは冒険者ギルドで、シャウトベアの素材の買取金を受け取り。あとはせっかく石工ギルドのギルド員になったのだから、書店で魔法書を買っておいてもいい。魔鉱石の差額分の金額はまだ確定していないだろうが、一度寄ってしばらく受け取りに来られないと伝えた方が良さそうだ。

「よし、動こう！」

良一は食後の幸福感に満たされた自分に気合《きあ》いを入れるように膝を叩き、椅子から立ち上がる。

四人に用事を済ませてくると告げると、モアが〝私も行く〟と言ってきたので、連れて行くことにした。

メアとマリー、ナシルは、山の泉亭で明日の準備をするので別行動だ。

「じゃあ、出発！」

「しゅっぱーつ！」

まず距離的に近い冒険者ギルドに寄り、次に本屋に行くことにした。

「最初に冒険者ギルドに行くよ」

良一がそう言うと、モアが手を差し出してきたので、二人は手を繋いで道を歩く。

親子と言うには歳が近く、兄妹と言うには歳が離れた、不思議な二人だったが、幸せそうな雰囲気に、すれ違う人は皆笑顔になった。

十分ほどで冒険者ギルドに辿り着いた。

石工ギルドほどではないが、そこそこ人が多く、賑《にぎ》わっている。

建物に入るとすぐに、テーブルの上に空《から》の酒瓶を何本も転がした赤ら顔の中年男性に絡《から》まれた。

「おい兄ちゃん、ここは子供の遊び場じゃあないぞ、用がないなら出て行きな」

荒《あら》くれ者の冒険者らしい言い分であるが、モアは驚いて良一の背中に隠れてしまった。

「ええ、用事を済ませたら、すぐ出て行きますよ」

良一は相手の感情を逆撫《さかな》でしないように、曖昧《あいまい》な微笑みを浮かべ、冷静に答える。

地球にいた頃、良一は組合の飲み会で酒癖《さけぐせ》の悪い同業者の親父達に絡まれ慣れていて、酔っ払いの扱いは熟知《じゅくち》していた。こういう場合、特に賛成も反対もせずに徐々にフェードアウトするのが正しいというのが、彼の考えだ。

「おう、そ、そうか。早く済ませな」

絡んできた男はすっかり拍子抜けしたのか、すんなりと自分の椅子に戻った。

周りで一緒に飲んでいた仲間らしき男達がジェスチャーで〝すまなかった〟と伝えてきたので、良一もことを荒立《あらだ》てるつもりはなかった。

「ほら、俺がついているから、大丈夫」

良一は服の裾を握りしめているモアの頭を撫でながら、優《やさ》しく微笑みかける。

モアが落ち着いたところで、受付カウンターでギルドカードを見せて、用件を伝えた。

「素材の買取金の受け取りですね。少々お待ちください、確認いたします」

受付の女性は何やら台帳を調べてから顔を上げた。

「はい、査定が終わっております。合計で金貨四十八枚です。内訳はレッサーウルフの素材が十六体分で金貨九枚と銀貨六枚、その他の牙だけで銀貨四枚。シャウトベアの素材が合計で金貨三十八枚です」

「ありがとうございます」

良一は白金貨三枚と金貨十八枚で金を受け取ると、モアがまだ少し緊張している様子だったので、さっさとギルドを出た。

「ごめんね、ちょっと怖い思いをさせちゃったな」

「ううん、良一兄ちゃんがいるから、怖くなかったよ」

モアは健気《けなげ》に応えるが、それでは良一は気が済まなかったので、彼女の脇腹《わきばら》を掴んで肩車をした。

「うわー、たかーい」

モアは体重が軽く、簡単に持ち上げられた。

良一は比較的背が高いので、肩車されたモアは遠くまで見渡せて気分がいいだろう。

良一はそのまま次の目的地の本屋へと移動した。

「いらっしゃいませ」

モアを地面に降ろして中に入ると、一昨日と同じお姉さんが店番をしていた。

「あれ、お兄さん前にも来たよね？　もしかして、ギルドに入ってきたとか？」

「はい、石工ギルドだけですけど」

「ええ、本当にギルド員になってきたの⁉」

店員は驚きながらも良一のギルドカードを確認して、〝確かに……〟と納得した。

石工用の魔法書は割引価格になったが、せっかくなので鍛冶魔法も買っておこうと、良一は白金貨を二枚取り出す。すると――

「良一兄ちゃん、ここにも魔法の本があるよ？」

モアが指差したのは、本棚の一番下の段で、大人の視界には入りづらい場所だった。

腰を屈《かが》めて見ると、背に〝雷の上級魔法書〟と書かれた本があった。

「あら、そんな所に魔法書があったのね、気づかなかった。別に非売品ってわけじゃないから、金貨八枚でどう？」

良一は追加で雷の上級魔法書と、モアが好きそうな絵本も何冊か一緒に買った。

娯楽《ごらく》が少ないこの世界では、ある程度の年齢でも絵本は読むらしい。

「じゃあ、絵本と合わせて、追加の白金貨一枚ね」

「わーい、ありがとー」

絵本を受け取ったモアは上機嫌で良一に抱きつく。

「モアのおかげで魔法書が見つかったな。こちらこそ、ありがとう」

ニコニコと笑い合いながら本屋から出ると、石工ギルドに続く道でギオと出くわした。

「おう、良一。なんだか久しぶりな気がするな」

「そうですね、ギオ師匠。飲み会の件はすみませんでした」

「構わん構わん。ところで、ファースから聞いたぞ、その子が妹にしたっていう娘さんかい？」

「はい、妹のモアです」

「モアです。こんにちは」

モアは少し照れながら挨拶をした。

「こんにちは。可愛らしいお嬢ちゃんだな。お前が引き取ったんなら、イーアス村へ連れて帰るんだろう?」

「はい、もう一人の妹のメアも一緒に」

「分かった。子供には長旅だ。しっかり準備をしておけよ」

ギオと少し話をしてから、良一達は石工ギルドに向かった。


「大きいねー」

石工ギルドはこの里でも有数の施設なので、見上げるほどに大きい。モアは近くに来たことはなかったらしく、興奮気味に見上げている。

中に入り、受付で尋ねると、案の定《じょう》魔鉱石の鑑定はまだ終わっていなかった。

「申し訳ございません。まだ鑑定が終わっておりません」

「そうですか、しばらくここの石工ギルドに立ち寄ることができそうにないのですが」

「それでしたら、差額金はギルドの口座で預かっておきますが、いかがでしょう?」

「それでお願いします」

良一は相変《あいか》わらず受験者やギルド員でごった返している石工ギルドを後にした。

「さあ、用事が全て終わったけど、まだ日が高いな。何か買い忘れた物はないかな」

少し考えて、良一はシャウトベアとの戦闘で斧の柄が折れてしまったことを思い出した。

「木工ギルドと提携している鍛冶屋はあるかな」

地図を広げると、メアとモアの家の近くに一軒あったので、そこに行くことにした。

鍛冶屋に入ると中には人気《ひとけ》がなく、カウンターには誰もいなかった。

「すみませ～ん。あれ、誰もいないな」

「ああ、待っていてくれ」

良一が声をかけると奥から店主が姿を見せた。

しかし出てきたのは、なんと午前中に鍛冶ギルドに入らないかと誘ってきたドワーフだった。

「なんだ兄さんか、鍛冶ギルド入る気になったのか？」

「それは、また今度の機会に」

「そうかい……残念だ。で、何が欲しいんだ」

「戦闘用の斧はありますか？　使っていた斧の柄が折れてしまったんです」

良一がアイテムボックスから折れた斧の柄を取り出すと、ドワーフの店主は手に取って、しげしげと見た。

「この斧はイーアス村のドドスの作った物だな？　少しは腕が上がっているようだ」

「ドドスさんをご存知なんですか？」

「あいつは俺のところで修業をしたんだよ。そういえば、自己紹介をしていなかったな、鍛冶師のダグレスだ。以後よろしくな」

「石川良一です。よろしくお願いします」

「モアです。よろしくお願いします」

良一に倣《なら》ってモアも頭を下げ、ダダレスが破顔《はがん》する。

「ああ、よろしくな。戦闘用の斧だったな、少し待ってくれ。……今まで使っていた斧に似ている方が扱いやすいだろう。これなんかどうだ？」

ダダレスが店の奥から持ってきた斧は、ドドスの所で買った斧と大きさも重さもほとんど同じで、初めて握った斧とは思えないほど、手に馴染んだ。

「これにします」

「ありがとよ。兄さんはこれからイーアス村に帰るのか？」

「ええ、そうです」

「なら、使ってみて細かい調整が必要そうならドドスに見てもらってくれ。今のあいつの腕なら大丈夫だろうからな」

「そうします。ありがとうございました」

斧を手に入れ、良一の用事は全て終わった。

「じゃあ、山の泉亭に行こうか」

「うん、また肩車をして」

「はいはい、じゃあ行くぞ」

こうして、ドワーフの里の最終日が過ぎていった。

◆◆◆

「忘れ物はないな、では出発！」

イーアス村へと帰る朝。一行は往路《おうろ》と同じく朝早くにドワーフの里から出発した。

ギオの号令で隊列が動き出す。

「楽しみだな～、イーアス村ってどんなところかな」

「モア、ちゃんと掴まって。良一兄さん、重くないですか？」

「ああ、二人とも軽いから、全然大丈夫だよ」

良一はアイテムボックスから出したリヤカーに二人を乗せて引いていた。

モアは元気が出てきているが病み上がりだし、メアも栄養不足で長時間歩くのは大変だろうという判断だ。大きなリヤカーではなかったが、二人が乗るとぴったり収まった。

舗装されていない道を行くので、荷台にはクッションを敷いて座り心地《ごこち》をよくしてある。

「メアちゃんとモアちゃんが座っているクッション、フカフカで座り心地がよさそう」

マリーとナシルはリヤカーの隣について歩いたので、メア達は退屈しなかった。

行きとは違い、帰路ではモンスターと遭遇する回数は少なかった。それでも、小規模な戦闘は何度か起きている。

「里の外っていろんなことが起きるんだね」

リヤカーに揺られ、モアが無邪気に笑う。

「モア、暴《あば》れないで、リヤカーが揺れちゃう」

そんな和《なご》やかな雰囲気を破《やぶ》るように、ギオの張り詰めた声が響く。

「レッサーウルフが来たぞ、襲撃に備えろ！」

「また来たの？　でもおじさん達は強いし、へっちゃら！」

「けど、レッサーウルフは怖いよ。あの牙で噛まれたら痛いだけじゃ済まないんだからね」

まるで危機感のないモアを、メアがたしなめる。

今回の襲撃は良一達の近くから迫っていたため、良一が魔法を放って対処する。

連続発射されたマジックアローが狼の集団を貫くと、それっきりモンスターの動きが止まった。

「すごーい、すごーい、レッサーウルフが寝ちゃった」

モアの目には、血も噴き出さずにレッサーウルフが倒れたので、突然寝たように見えたらしい。

二人が見てもトラウマにならないように、良一はなるべく傷つけず、一撃で仕留《しと》めるようにしていた。

「シャウトベアを一人で倒した男がいるんだから、これ以上にない安全な旅だ。二人の兄さんがいると本当に助かる」

ギオが良一を褒めると、横で見ていたメアとモアも嬉しそうだ。

一行は夕方になる前に中継点のキャンプ地に着き、男女に分かれて宿泊準備を始めた。

良一はメアとモアと少し離れたが、マリーとナシルが面倒を見てくれるはずなので、そこまで不安には思わなかった。

「今夜の見張りは、行きと同じで一人一回の持ち回りだ。良一は前回と同じ五組目を担当してくれ。前回シャウトベアに襲われた時と同じ時間帯だ。悪いが、もしもの時に対応できるのはお前だけだからな」

「了解です。構いませんよ」

「そう言ってもらえて助かる」

ギオの主導で見張りの順番が決まったところで、夕飯の良い匂いが漂ってきた。

「良一兄ちゃん、モアもお手伝いしたんだよ」

「良一兄さん、私も手伝いました」

メアとモアが良一の分の夕食を持ってきた。

「凄いな、とても美味しそうだ」

良一はメアから皿を受け取り、みんなで一緒に座って食べはじめた。

「二人とも手際が良かったよ。そのレタスも一緒に剥いたんだよね〜」

マリーは笑顔で姉妹の貢献《こうけん》を褒める。

「そうだ、メアちゃん。料理を習いたいなら、イーアス村に帰った後、私のお母さんに教えてもらうといいよ。宿屋の食堂を切り盛りしてるんだ」

メアはどうやら料理を習いたいらしく、マリーの誘いを真剣に検討しはじめた。

「ごちそうさまでした。美味しかったよメア、モア」

「えへへ、また作ってあげるね」

「はい、良一兄さんのお手伝いできるように、もっと頑張ります」

食事を終えた良一は、寝るまでの間ドワーフの里で買った絵本を読み聞かせた。

良一が真ん中に座り、メアとモアが両脇を固める。

良一が読んだ絵本はお姫様が色々な国を旅して、最後に異国の王子様と結婚するというお話だった。

「あ〜、面白かった！」

「お母さんが生きていた時に聞かせてもらったことがあるお話で、懐《なつ》かしかったです。でも、絵があるとより面白いですね」

随分久しぶりに絵本を読んで、良一も子供の頃を思い出して少ししんみりした気分になった。

「さあ、だいぶ暗くなってきたから、おしまいにしよう。マリーちゃん達と一緒に寝なさい」

「分かった。おやすみ、良一兄ちゃん」

「おやすみなさい、良一兄さん」

二人を女性用の宿泊スペースに送り出し、良一も夜警《やけい》の順番が来るまで寝ることにした。

「なんだか良一も、すっかりお父さんって感じだな」

良一が寝床《ねどこ》に入ってしばらくすると、夜警から戻ってきたファースとセカスがからかい半分に話しかけてきた。

「そうそう。いきなり妹が二人できたと聞いて驚いたけど……いやあ、立派なお父さんぶりだ」

「二人とも、妹ができたんだから、そこは〝お兄さん〟だろう。なんで〝お父さん〟なんだよ？」

「やりとりを見てもお兄さんって感じじゃないからさ。なあ、良一兄さん」

セカスはそう言って良一を小突《こづ》く。

「二人ともどうした。なんでそんなに突っかかるんだよ？」

「はあ……今日一日チラチラと見ていたけど、あんなに可愛い娘達が良一を兄さん、兄ちゃんって慕《した》っているのが妬《ねた》ましいんだ」

ファースは重いため息とともに本音を吐き出す。

「イーアス村は若い娘が少ないから、嫁《よめ》が不足しているんだ」

「……分かった。その話はまた村に帰ったら聞くから、今は少しでも休んで体力を回復しないと」

「そうだな、寝ようか」

「ああ、長くなりそうだからな」

二人は深夜の謎《なぞ》のハイテンションになっていたようだ。

良一は再び目を閉じたもののすっかり目が冴えてしまい、なかなか眠れなかった。

時計を見ると、良一の順番までまだ二時間ほどある。

中途半端《ちゅうとはんぱ》に寝たら起きられそうになかったので良一は携帯ランプを取り出して、ドワーフの里で買った石工用の魔法書を読みはじめた。

カットキューブ：石材を好きなサイズの立方体にカットする魔法。
エアクリーン：粉塵《ふんじん》が舞う空気を綺麗《きれい》にする魔法。

タイマーボム：時限式の爆弾《ばくだん》を設置する魔法。

色々な魔法があったが、一口に石工用といっても水魔法、風魔法、などの基本の属性魔法もあれば、タイマーボムのような特異魔法もある。

「これって、俺みたいに全属性の魔法が使えないと、案外使える魔法が少ないかもな」

そこまで種類は多くなかったので、サクサクと読み進めることができた。

読み終わったところで、ちょうど四番目の夜警を担当していた人が起こしに来た。

「石川君、夜警の順番なんだけど」

「代わります。お疲れ様でした」

良一は寝床から出て夜警を始めた。

辺りを警戒しながら歩き、キャンプ地周辺の茂みや木の陰《かげ》に目を凝《こ》らす。

「さすがに二度もシャウトベアは出ないだろうけど」

良一がそう呟いた瞬間、森の方からガサガサと枝葉《えだは》が擦《こす》れる音が聞こえた。

「まさか……な」

しかし、茂みを越《こ》えて飛び出してきたのはレッサーウルフだった。

「レッサーウルフか。ほら、どっか行け」

無闇《むやみ》に殺すこともないだろうと、良一はマジックボールを地面に撃って威嚇する。

レッサーウルフは良一に恐れをなして尻尾を巻いて逃げていった。しかし……

「ギャウン」

森の奥で先ほどのレッサーウルフらしき叫び声が響いた。

「はあ？　いや、そんなはずないだろう」

良一が慎重《しんちょう》に足音を忍《しの》ばせて声がした方に近づくと、月明かりが届かない森の闇よりも暗い、漆黒《しっこく》の巨体が立ちふさがった。

その目は赤く爛々《らんらん》と光り、先ほどのレッサーウルフを咥《くわ》えた口は血で濡れ、生臭《なまぐさ》い臭いを放つ。

行きで見たシャウトベアよりもひと回り大きなシャウトベアだ。

「またかよ！」

シャウトベアがレッサーウルフの死体を噛み砕《くだ》き、地面に放り投げた。

「グゥルガーァ」

同時に、恐るべき咆哮を放った。

あまりに大きな声で、他の夜警の人間も何かあったのかとすぐに集まってきた。

「ま、また、シャウトベアか……どうしてこんな所に出てくるんだ！」

「おい、誰かギオさんを呼んでこい。全員起こせ！」

キャンプ地に混乱の喧騒《けんそう》がたちまち広がっていく。

シャウトベアキング
レベル：68
生命力：8000／8000　魔保力：3100／3100
攻撃力：5600　守備力：6300
速走力：1800　魔操力：2500
魔法属性：火、土、風
所持アビリティ：《上級咆哮》《上級爪術》《上級肉体強化》《王者の風格《ふうかく》》

「シャウトベアキングって……。キングなら洞窟《どうくつ》の奥にでもすっこんでろよ！」

ステータスを確認した良一はその能力値の高さに思わず毒づく。

今度こそ他の村人では相手にならない。

しかし良一の後ろにはメアとモアもいるので、絶対に負けられない。

「お前の相手は俺だ！」

良一はキングの前に立ち、分身を召喚した。

レベル34の三倍の百二体の良一が即座に現れ、キングの周りを三重以上に囲んだ。

前回の戦闘での教訓で魔法は格上の相手には効きづらいと分かったので、良一はドワーフの里で購入した斧を持って突撃することにした。

「手間をかけさせるなよ！」

マジックボールを目眩《めくらま》しに使い、分身達の波状《はじょう》攻撃が始まる。

ダダレスの斧は頑丈で、シャウトベアキングの肌に当たっても刃こぼれ一つしなかったが、相手の守備力も相当なもの。なかなか致命的な一撃は入らない。

「グルルルァ」

「こっちのレベルは上がったけど、キングもレベルが上だから、与えられるダメージの割合は前とほとんど変わりないか……」

分身体を豪腕《ごうわん》になぎ倒されながらも、良一は果敢《かかん》にシャウトベアキングに挑みかかる。

シャウトベアキングはただ力任せの攻撃をするだけでなく、魔法も織《お》り交ぜて良一を苦しめた。

火を噴き、大地を割り、突風の刃を放つ。その度に分身体がかき消されるが、良一はすぐに分身体を再召喚し、数にものを言わせた飽和《ほうわ》攻撃で、シャウトベアキングの生命力を地道に削っていった。

後方では村の男衆が出てきているが、キングの風格《ふうかく》や威圧感の前に声も上げられず、ただ良一の戦闘を見ているだけ。

ようやく生命力が三分の一以下になった時、シャウトベアキングは危機感を覚えたのか、

突然無謀な突進を敢行《かんこう》した。

体に多数の傷を負いながらも分身の包囲を蹴散らし、少し離れた場所で指揮している良一本人の目の前に躍り出る。

鋭利《えいり》な爪が閃《ひらめ》く。

村の誰かが上げた悲鳴を聞いて良一も状況を把握《はあく》したが、シャウトベアキングの攻撃を避けきれず、直撃を受けてしまう。

直後、想像を絶《ぜっ》する痛みが良一を襲った。

見ると、良一の左腕が切り飛ばされ、地面に転がっていた。

現実を理解した良一の頭は不思議と冴えわたっていて、とっさに神様から貰ったチート能力《神級再生体》の存在を思い出した。

「……再生」

なんとかそう呟くと、良一の左腕は一瞬で生《は》え、痛みは嘘のように消えてなくなった。

「よくもやってくれたな……！」

失った分身を再召喚し、良一は怒りを込めて自ら再突撃を仕掛けた。

「さっさと死にさらせ！」

興奮のあまり、思わず口調が汚くなる。

シャウトベアキングの方も先ほどの攻撃は捨て身だったらしく、良一の反撃に抗《あらが》う力はもう残っていなかった。

ついに良一の斧がシャウトベアキングの首筋を捉《とら》え、トドメを刺した。

「……ふう、今回は闇の上級魔法を使わずに済んだな」

良一は肩で息をしながら、シャウトベアキングの死体をアイテムボックスに回収していく。

振り返ると、メアとモアが走り寄ってきていた。

「よかった。無事でよかった」

「良一兄ちゃん、だいじょうぶ」

二人とも声を震わせながら、良一の体にギュッと抱きついてくる。

「心配かけたな、大丈夫だよ。怪我もしてないし、もう安心だよ」

二人が落ち着いてから、良一は人目につかない所に行って、地面に落ちていた左腕を火魔法で灰にしてから完全に埋めた。

「なんか、複雑な気分だな……」

良一は再生した手を擦《さす》りながらギオのもとに向かった。

「良一、今回も助かった」

「いえ、負傷者が出なくて良かったです」

良一がそう応えると、ギオは声を潜めて辺りを窺いながら続けた。

「その腕の件は……数人しか見ていない。全員がお前さんに恩義《おんぎ》を感じている。誰にも話さないから、安心しろ。俺も深くは詮索《せんさく》しない」

「はい、すみません」

「体が大丈夫なら、予定通り早朝に出発するが？」

「はい、そうしてください」

「分かった。疲れていると思うが、早くイーアス村に戻ろう」

そして一行は翌朝早めに出発してイーアス村を目指すことになった。

◆◆◆

「メア、あれがイーアス村だよ」

翌朝、良一はまたリヤカーにメアとモアを乗せようとしたが、二人は〝歩くから大丈夫〟と言って頑《かたく》なに拒否《きょひ》した。どうやら二人は良一を気遣《きづか》って歩くつもりらしい。

一日中、かなりのハイペースで歩いたが、二人は文句一つ言わずについてきた。

そして、夕方前。いよいよ前方に村が見えてきた。

「あそこがイーアス村、初めて来ました」

メアの声に元気はなかったが、自分の足で歩いていた。

モアはさすがに疲れてしまい、今は良一の背中におんぶされて眠っている。

「一生懸命に歩いたな、偉いぞ。今日は疲れたから、宿屋に戻って寝よう」

別れ際《ぎわ》、ギオが良一に声をかけ、明日の予定を伝えた。

「良一、明日村長やギルドマスターのコッキスさんに詳しい報告に行くんだが、同席してくれないか」

「分かりました。明日の朝、師匠の家にお邪魔します」

そして、良一はマリーとともに久しぶりの森の泉亭へとやってきた。

「ただいま、お父さん、お母さん。さ、メアちゃんもどうぞ」

マリーは扉を開けて良一とメアを招き入れる。

「こんばんは、ただ今戻りました」

「こんばんは」

メアも少し照れながら挨拶をした。

「おかえりなさい、マリー、良一さん。それに、可愛らしい子達もいるようね」

「おかえりなさいませ、石川様。お怪我はないようで良かったです。お帰り、マリー」

マリーちゃんの両親も優しい笑顔で迎えてくれた。

「すみません、この子達二人も一緒に泊めたいのですが、部屋は空《あ》いていますか」

「申し訳ございません。前回石川様が宿泊されていた部屋は現在使用中でして、四人部屋でもよろしいでしょうか？」

「それでお願いします。先にこの子達を寝かせてきてから、支払いでも良いですか？」

「そうですね、構いませんよ」

それから、主人が案内してくれた四人部屋に入り、ベッドにモアを寝かせた。

「メアはどうする、夕飯に何か食べるか？」

「はい食べます」

メアの体力もいよいよ限界が近そうだったので、食事を済ませて寝かせてしまうことにした。

「う～ん、ご飯、たべる～」

ベッドに運んだばかりだが、モアは夕飯という単語を聞いてモソモソと起きた。

「じゃあ、食事にするか。こんなに疲れた時はお風呂にでも入りたいんだけど、さすがにないよなあ」

良一がしみじみ呟くと、メアが反応した。

「お風呂ってなんですか？」

「あったかいお湯を溜めて浸《つ》かる所だよ。入ると疲れが取れるんだ」

「へ～」

モアも目を擦《こす》りながらベッドから降りたが、イーアス村にいるとは知らずにキョロキョロ部屋を見回す。

「良一兄ちゃん、ここどこ～」

「イーアス村の森の泉亭だよ。ここにしばらく泊まるんだよ」

「いつの間に着いたの⁉」

「ついさっきだよ」

そうして三人は一階に下りて、主人に今晩の飯代と、台所の賃貸代金と宿泊代を払った。

「少し早いですが、食事はすぐに出ますか？」

良一が聞くと、主人は三人を食堂に案内した。

「ええ、大丈夫です。ところで石川様、シャウトベアを撃退《げきたい》してくださったと聞きました。あなたはマリーの命の恩人です。ありがとうございます」

主人はそう言って何度も頭を下げて良一に感謝した。

「いいんですよ。自分の命を守るためでもあったわけですし」

「さあ、お疲れでしょう。ご飯を食べてゆっくり休んでください」

食堂ではルティアがマリーと話をしていたが、メア達に気づいて自己紹介をした。

「メアちゃんとモアちゃんね、マリーから話を聞いたわ。私はルティア。マリーの母親で、この宿の女将よ。ご飯はすぐに持ってくるからね」

「メアです」

「モアです」

「本当に可愛らしい子ね！」

ルティアは二人を抱きしめてから、厨房に入っていった。

「マリーさんのお母さん、凄く元気な人ですね」

「胸も大きかった」

メアとモアが正直な感想を漏らした。

「はい、お待たせ」

三人でテーブルを囲んで座ると、ルティアが夕飯の皿を三枚持ってきた。

「さっきマリーに話を聞いたけど、良一さんがいなかったら命が危なかったらしいね。本当にありがとう。感謝の言葉しかないよ」

「いえ、俺は自分のためにシャウトベアを倒しただけですから」

「そんな謙遜《けんそん》しなくていいんだよ。さ、二人ともいっぱい食べてね、おかわりもして良いからね」

「「うん」」

「良い返事だね」

食事を食べ終わると、メアはとうとう限界を迎え、こくりこくりと舟を漕《こ》ぎだした。

「ルティアさん、ごちそうさまでした」

良一はルティア達に挨拶すると、メアをお姫様抱っこして部屋へと運んだ。

「お姉ちゃん、寝ちゃったね」

「ああ。今日はいっぱい歩いたもんな」

「モアもいっぱい歩いたよ」

「そうだな、モアも寝るか」

「うーん……ぜんぜん眠くない」

モアは一眠りして体力も戻り、夕飯を食べたことで意識が覚醒《かくせい》してしまったようだ。

「じゃあ、少し散歩でもしてこようか」

「うん」

二人は宿を出て村を散歩することにした。

「おっ、良一じゃないか。ドワーフの里から戻ってきたのか？」

「ええ、少し前に」

鍛冶屋の前を通ると、ちょうどドドスが店先に出ていて話しかけられた。

「なんだ、その子は」

「ああ、ドワーフの里で妹になったモアです」

「こんばんは」

「こんばんは、お嬢ちゃん。妹になったって……どういうことだ？」

「また明日お店に行かせてもらいますんで、その時に」

納得いかない様子のドドスと別れると、モアがまた率直《そっちょく》な感想を口にした。

「頭がツルツルだった」

「そうだな」

良一はその感想に少し噴いてしまった。その後、二人は村を簡単に一周して宿へと帰った。

「じゃあ、おやすみ」

「おやすみなさい」

◆◆◆

翌朝、目を覚ますと、メアとモアが良一にくっついて寝ていた。

「別々のベッドに寝ていたはずだよな」

良一がもぞもぞと動いたせいで、二人を起こしてしまったようだ。

「おはようメア。おはようモア」

「おはよう、良一兄ちゃん」

「おはようございます」

二人とも起きたばかりで頭が働いていないらしく、ベッドを移動したことに気がついていない。

責めることでもないので、良一はそのままスルーしてベッドから出て服を着替えた。

「二人とも、顔を洗いに行こうか」

「まって〜」

モアは寝ぼけたまま、良一にボフッと抱きついてきた。

「ちょ、ちょっと待ってください」

メアはなんとなく状況を理解して少し恥ずかしそうだったが、良一はあえて指摘することはしなかった。

部屋を出て顔を洗いに三人で階段を下りた。

「おはようございます。石川様」

「おはよう、良一さんに、メアちゃん、モアちゃん。台所を使うんだったらどうぞ」

食堂に入ると、今日もルティアの元気な声に迎えられた。

しかし、良一の目は、食事中の先客に釘付《くぎづ》けになった。

彼が注目したのは犬の獣人。獣人といっても人間とあまり変わらないが、人間の耳の代わりに犬の耳が頭の上にぴょこんとついていた。

「わあ、獣人さんだ！」

モアが声に出して驚くと、獣人の若い女性は食事の手を止めて手を振ってくれた。

手を振ってくれたのが嬉しかったのか、モアが女性に挨拶をする。

「おはようございます。獣人さん」

「おはようございます。お嬢さん」

律儀に挨拶を返してくれた女性の声はとても澄んでいて、耳に心地よい響きだった。

「すみません、朝食の邪魔をして」

良一が謝ると、女性は気にしていないと手を振った。

厨房には作り置きのサラダやスープ、まだ焼かれていない肉が残っていた。

良一は調理台の隅に自分の調理道具を出して準備をする。メアとモアは良一と同じ量をペロリと食べてしまうので、食材は大人三人分取り出した。

「良一兄ちゃん、何を作るの？」

「そうだな……俺の父さんが好きだった、ひき肉入りのオムレツにするか。メアとモアには昨日みたいにサラダを作ってもらおうかな」

「分かったー」

「はい、頑張ります」

見ているだけでは暇だろうと、二人にはプチトマトやレタスを水で洗って、飾り付けをしてもらうことにした。

先に下味をつけたひき肉と玉ねぎを炒めておき、卵に半分火が通ったところで投入。フライパンの端《はし》を使って形を整えていく。最後にケチャップをかけると、三つのオムレツが完成した。

「さあ、食べよう」

厨房の片付けは後回しにして、良一は皿を持って食堂に移動した。テーブルに着いてから、市販品のバターロールを取り出してテーブルの真ん中のバスケットに全て盛り付ける。

「じゃあ、いただきます」

「「いただきます」」

姉妹は早速ひき肉入りのオムレツを食べた。

「「美味しい！」」

美味しそうにオムレツやサラダを食べている姉妹を眺めていると、良一は背中に視線を感じた。

その方向を見てみると、先ほどの獣人の女性がこちらを見ていた。

バッチリ視線が合って気まずくなった二人は、互いに顔を背《そむ》ける。

そんな大人のやり取りを無視して、モアが女性に話しかけた。

「お姉さんも食べたいの？」

「その……私は犬の獣人で鼻が利《き》くのですが、今まで嗅《か》いだことのないとても良い匂いだったので、つい……」

口調は穏やかだったが、女性は食い入るようにオムレツを見つめている。

そんな様子を見たルティアが、気を利かせて話に割り込んできた。

「良一さん。よかったら私にもその料理を作ってくれないかい？　うちの食事代と同じだけ払うからさ。ココさんも一緒にどうだい？」

「あの……できるなら私もご相伴《しょうばん》にあずかりたいです」

大した手間ではないし、材料代ももらえるなら作るのもやぶさかではないが、商売をしている宿屋の食堂で金をもらって料理を振舞うのはいかがなものかと、良一はしばし逡《しゅん》巡《じゅん》した。

「あー、おなか空《す》いた」

しかし結局、遅れて食堂に入ってきたマリーに押し切られる形で、オムレツを作ることになった。

三人に作るならご主人の分もと、良一は四人分の材料をアイテムボックスで複製し、出しっぱなしになっていた道具で調理した。

「はい、どうぞ」

「どうぞ」

オムレツを作っている横でメアとモアもサラダを用意して、良一と一緒に三人に差し出した。

「美味しいです。今まで食べたことがないほど味に広がりを感じます。卵も肉も、上にかかっているソースも、全てがマッチしていて、手が止まりません」

ココという名の獣人の女性が、満面の笑みでオムレツの感想を言った。さっき一食分の朝食を平らげた後なのに、ペロリと食べてしまった。

マリーとルティアもオムレツを気に入り、メアとモアが作ったサラダも美味しいねと褒めた。

食器や調理器具を洗って片付けた後、良一は食堂に残っていたココと改めて挨拶を交わした。

「とても美味しかったです。自己紹介をしていませんでしたね。私は冒険者をやっているココ・ユース・ガベルディアスと申します。ココと呼んでください」

「石川良一といいます」

「石川メアです」

「石川モアです。よろしく、ココお姉ちゃん」

ゆっくり世間話でもしたいところだったが、ギオとの約束があるので、良一はメアとモアを残して宿を出ることにした。

「じゃあ、二人とも宿屋で待っていてね。マリーちゃん、二人を見ていてくれるかな？」

「いいですよ。朝食もご馳走になったんだし、断りませんよ」


「おはようございます。ギオ師匠」

「おう来たな、良一、早速行こうか。昨日簡単に村長達には伝えておいたが、詳しい話はこれからだ」

二人はまずコッキスに報告するために木工ギルドに顔を出した。

木工ギルドに着くと、すぐにギルドマスターの部屋に通された。

そこにはコッキスと、もう一人、見知らぬ初老の男性の姿があった。

「村長もいらしてたんですか。後で伺おうと思っていたんですが」

老人を見たギオが驚きの声を上げた。

「なに、二度同じ話をするのも疲れるだろうから、一緒に聞いてしまおうと思ってな」

どうやら彼がイーアス村の村長のようだ。

「初めまして、石川良一君。今まで機会がなくて顔を合わせたことがなかったが、ワシがイーアス村の村長のコリアスだ。よろしく頼む」

「石川良一です。よろしくお願いします」

挨拶を終え、良一とギオはシャウトベアの件を話しはじめた。

「……なるほど。ドワーフの里との往復中にシャウトベアが二頭現れた、と。一頭だけなら数年に一度という割合で目撃されているが、シャウトベアキングも現れたとなると、これはただごとではない。何か山に異変が起きたと考えた方が良い」

話を聞いた村長が深刻《しんこく》な顔で懸念《けねん》を口にする。

「そうじゃな。シャウトベアキングは山のヌシともいえるモンスター。そいつが人里近くに下りてきたってことは、何者かにナワバリを奪われてやってきたとしか思えん」

村長に同調したコッキスの意見に、ギオが反論を述べる。

「でも、シャウトベアキングの体には傷一つついていませんでしたよ。ナワバリ争いに負けたなら大抵傷ついているはずです」

「シャウトベアキングが、戦わずとも負けを認めるような、強力なモンスターが現れたということかの？」

「とんでもない強さでしたよ、シャウトベアキングは。あいつが逃げ出すほどの相手って、ドラゴンくらいしかいないんじゃないですか？」

良一が冗談めかして言うと、他の三人は黙り込んでしまった。

そして重い口を開いたと思ったら、不穏《ふおん》な会話しか出てこない。

「この時期に〝海渡り〟がいるとは思えません……」

ギオが俯《うつむ》いたまま重く呟いた。

「しかし、あの山におったドラゴンは、公爵《こうしゃく》様の私兵と公都の高ランク冒険者が退治したはずじゃろう」

「では、あのドラゴンの子供か。確かに、二十年も経てば体も大きくなる」

コッキスの発言を受けて、村長が恐ろしい推測を口にした。

「過去にこの近辺でドラゴンが出たんですか？」

冗談で言ったはずのドラゴンという言葉が本気にされるとは思わず、良一はつい聞き返した。

「そうだな、石川君はこの村出身ではないし、二十年前だとまだ子供か」

村長の話によると、二十年前に二頭のドラゴンが海を渡ってきて、モレス山脈の山の一つに棲《す》み着いてしまったらしい。

ドラゴンは夫婦で、雄《おす》のドラゴンがイーアス村やドワーフの里、そして近隣《きんりん》の農業都市エラルや周辺の町に被害を及ぼした。そのため、この島を治める公爵が兵を動員して、多大な犠牲《ぎせい》と引き換えに二頭のドラゴンを討伐したのだそうだ。

ドラゴンが番《つがい》だったため、赤ん坊のドラゴンがいると思われたが、巣の近くを探しても見つからなかったので、当時はまだ生まれていないと判断されたのだという。

「これは、まずエラルの男爵《だんしゃく》様に知らせに行かなければならないな」

村長のコリアスがそう言うと、コッキスが頷いて同意を示した。

「うむ。では誰が行く？　農業都市エラルへはまずドワーフの里に行き、そこから街道沿いに行くのが一番じゃが、ドワーフの里まで二日、そこから馬車で一日。最短でも三日もかかる」

「村の若い衆で足の速い奴は誰だ？」

コリアスに問われ、ギオは信頼のおける自分の弟子の名を口にした。

「俺の弟子のセカスは足が速い」

「移動の最中にまたシャウトベアに襲われたら、セカスは逃げ切れるのか？」

「一頭ならおそらく……。しかしレッサーウルフなどの集団に襲われたら、危ないかと」

深刻に相談する二人に、良一が割って入った。

「じゃあ、俺が行きますよ。俺ならシャウトベアに襲われても退けられますし、集団のモンスターにも対応できます。地理も地図があるので大丈夫です」

「良一、気持ちは嬉しいが、メアちゃんとモアちゃんはどうする。お前が引き取ったのに、無責任じゃあないか」

「そうですね。でも、今この村で一番強いのは多分俺ですよ」

ギルドマスターの部屋は再び重い沈黙《ちんもく》に包まれた。

「……頼めるか、石川君」

村長が重い口を開いた。

「まだドラゴンが出たと決まったわけではない。シャウトベアキングだってもう倒した。

男爵様に山の調査を頼みに行くだけなのだ。深刻になることはない」

村長はそう言って頭を下げた。

「分かりました。じゃあ、午後にでも出発します」

「いや、ワシが男爵様宛《あて》の手紙を書くから、出発は明日にしてもらえるか」

「分かりました」

「ついでにドワーフの里の長にも手紙を書こう。立ち寄ったらそれも渡してくれ」

「良一、戻ってきたばかりなのに、本当にいいのか？」

「ええ大丈夫です」

ギオに再度尋ねられたが、良一は力強く頷いた。

良一が森の泉亭に戻ると、隣の空《あ》き地で金属の鎧を着た犬の獣人ココさんが剣を振るい、それを見てメアとモア、マリーが歓声を上げていた。

「ココ姉ちゃん、はやーい」

「狗蓮流《くれんりゅう》五月雨《さみだれ》突《づ》き」

「凄いな」

切っ先が無数に見えるほどの突きを繰り出したココの剣技に見惚《みと》れ、良一は思わず呟いた。

「良一兄ちゃん、おかえりなさいココ姉ちゃんがね、剣を凄い速さで振っているの」

良一に気づいたモアが、早速立ち上がって駆け寄ってきた。

手を引かれて空《あ》き地に入ると、ココは汗を拭いながらペコリとお辞儀《じぎ》した。

「すみません、ココさん。なんだか面倒を見てもらっちゃったみたいで」

「いいえ、私も剣技を褒めてもらえて嬉しかったです」

「確かに。凄く綺麗な剣技でしたね」

「ありがとうございます」

良一はメアとモアに向きなおると、エラル行きを告げた。

「メア、モア、イーアス村に着いたばかりだけど、俺は明日農業都市エラルに行くことになったんだ。二人は一緒に行くかい？　それとも森の泉亭で留守番《るす》している？」

「お留守番は嫌です。良一兄さんについていきたいです」

「わたしも、良一兄ちゃんと一緒がいい」

二人は迷わずそう答えたので良一は連れて行くことにした。

「良一さん、エラルに行くんですか？　メアちゃんやモアちゃんとはちょっとの間お別れだね。すぐに出発するんですか？」

マリーが少し寂しそうに言う。

「いや、出発は明日だよ」

やり取りを聞いていたココが、遠慮がちに話しかけてきた。

「突然で不躾《ぶしつけ》かもしれませんが、同行してもよろしいでしょうか？　私も明日ドワスに行こうとしていたので」

「わーい、ココ姉ちゃんもいっしょに旅をするの？」

モアは笑顔でココの手を取る。

ココは腕の立つ剣士らしいので、拒否する理由はなかった。

「少し急ぎの旅になりますけど、準備は大丈夫ですか？」

「はい、旅の身なので荷物は多くありません」

こうしてココが加わり、エラルへは明日、四人で向かうことになった。

メアとモアの荷物はアイテムボックスの中に入ったままなので、さして準備は必要ない。

「じゃあ、今日は一日ゆっくりしようか」

「わーい、じゃあ遊ぼう、良一兄ちゃん！」

良一がアイテムボックスの中に何かないか探すと、フリスビーがあったので、三人はしばらくそれで遊んでいた。

途中、モアが大暴投《だいぼうとう》したフリスビーを、ココが凄《すさ》まじい瞬発力と跳躍《ちょうやく》力でキャッチして歓声を浴びた。

「ココ姉ちゃん、すごーい」

それからしばらく、ココも加わって四人で遊んでいるうちに、昼食の時間になった。

「さて、昼飯は何を食べようか」

「ナポリタン！」

良一の独《ひと》り言に反応して、モアがすかさずリクエストした。

「スパゲッティか……それもいいけど今日は焼きそばにしようかな」

「焼きそば？　ナポリタンじゃないの？」

「ナポリタンと同じ麺《めん》料理だよ」

「そっか、良一兄ちゃんが作る料理ならなんでも美味しいよね？」

「私、お手伝いします」

メアは早速厨房に戻って準備に取りかかる。

良一が焼きそばを作りはじめると、ソースの焦《こ》げた良い匂いが辺りに充満《じゅうまん》し、ココのお腹が大きく鳴った。

「メア達と遊んでもらったお礼に一緒にどうですか？」

良一が尋ねると、ココは顔を真《ま》っ赤《か》にしながらも〝お願いします〟と食い気味に答えた。

そうこうしているうちに、マリーとルティアが匂いに引き寄せられてきた。

「わー、美味しそうな匂いだね」

「良一さん、うちの宿の料理人にならない？　そうしたらこの宿は凄く繁盛《はんじょう》するよ。ねえ、あんた？」

　さらに宿の主人も加わる。

「そうなったら、私も嬉しいですね」

　彼はお客様に料理を作ってもらうなんてと畏《かしこ》まりながらも、今朝のオムレツを食べたらしい。良一は商売の邪魔になるんじゃないかと危惧《きぐ》していたが、主人は〝美味しい料理に罪はない。石川さんの料理を食べて、それに追いつけるように夫婦で料理を作ろう〟とルティアに力説したそうだ。

　結局、みんなで焼きそばを食べることになった。

　フライパンで大量に作った焼きそばを取り分けて、青のりとマヨネーズをかけて配《くば》った。

「はい、完成です」

「じゃあ、いただきます」

「「いただきます」」

　みんな焼きそばを一口食べると夢中になって、無言でドンドン食べていった。

「ナポリタンも美味しかったけど、この焼きそばっていうのも凄く美味しい！」

「良一兄さんの料理は本当に美味しいです」

　メアとモアとマリーが笑顔で焼きそばを頬張っていると、ココが小声で恥ずかしそうにおかわりを申し出た。

「ええ、たくさん作ったので、ドンドン食べてください」

良一が答えると、ココはパアッと顔を輝かせておかわりをよそいに行き、大量の焼きそばを再び食べはじめた。

「お腹いっぱいです」

満足げに笑い合うメアとモアの歯に青のりが大量についていたので、良一は水で口をゆすぐように言ったところ、ココやマリーも慌てて口をゆすぎに行ったのだった。


「さて、午後は何をしようかな」

メアとモアを昼寝させて手持ち無沙汰になった良一は、ドドスの鍛冶屋に行って斧の調整を依頼すると、空《あ》き時間を利用して昨夜考えていた風呂の製作に取りかかった。

「丸い形の桶《おけ》は無理でも、四角い風呂桶なら、分厚い板を組み合わせて隙間を埋めればいけるかな」

頭の中で大雑把な設計図を描《えが》き、アイテムボックスから木材とノコギリやノミなどを取り出して作業を始めた。

釘などを使わずに木と木を組み合わせて作ろうと考えて、凸凹《でこぼこ》に木を削ったり溝《みぞ》を掘ったりした。

「そこそこ形になってきたな」

良一は思い描いた通りに木を加工することができたが、これも森と木材の神ヨスク様の加護のおかげなのかもしれない。

「組み立てるか」

木槌でパーツを打ち付けながら組み立てると、一分《いちぶ》の隙間もない風呂桶ができ上がった。

「良一兄ちゃん、何を作ったの？」

ちょうどそこで、目を覚ましたモアとメアが良一が作業している空《あ》き地にやってきた。

「モアには言ったっけ？　お風呂を作っていたんだよ」

「おふろ？」

メアが聞き返す。

「お湯に浸かって温まるんだ。この中に水を入れて漏れなければ完成だよ」

良一は水漏れの確認と作業時の汚れを落とすために、魔法で風呂桶の中に水を満たしたが漏れはなかった。

「漏れは大丈夫そうだけど、ここだと周りから丸見えだな」

森の泉亭の主人に中庭を借りられないか尋ねると、許可をくれたので、良一は中庭の花が咲いていない方の隅に風呂桶を設置した。

「さて、お湯は……と。水魔法と火魔法を組み合わせればお湯になるかな？」

試しに体内で二つの魔法属性を混ぜて魔法を行使してみたところ、手の先からお湯が出てきた。

風呂桶にお湯を満たして温度を確かめると、ちょうど良い加減だった。良一は袖《そで》をまくって、腕を突っ込んだ。

「あー、良いお湯だ。やっぱり両腕だけじゃなく全身で入りたいな」

良一は水着に着替えて風呂に入ることにした。

今まで水で湿《しめ》らせたタオルで体を拭っていたが、日本人の良一にとってやはり風呂は格別だ。

気持ちよさそうにしている良一を見て、メアとモアも入りたがったので、良一のシャツを水着代わりにして湯船に浸からせた。

「あったかいね～」

「気分が良いです」

大柄な良一が足を伸ばせるほど大きく作ったので、小さい二人が一緒に入っても大丈夫だが……幼女との混浴は、よく考えれば〝事案〟であったかもしれない。

「石川さん、何をしているんですか」

いつの間にか中庭にいたココさんが、三人を見てわなわなと震えている。

「いや、何か誤解しています」

「きゃー」

良一が釈明《しゃくめい》する前に、彼女は可愛らしい悲鳴を上げて中庭から出て行った。

その後、良一は夕飯をご馳走して、なんとかココの誤解を解いたのだった。


「確かに受け取りました。この手紙をドワーフの里の長《おさ》ホーハイ様に。こっちは農業都市エラルを治める男爵ギレール様に渡します」

「よろしく頼む」

村長のコリアスから手紙二通と、報酬《ほうしゅう》兼必要経費として金貨を十枚渡された。

「少ないかもしれんが、無事に届けてくれ」

「はい」

見送りのマリーやナシル、ギオ、ファース、セカス達に、リヤカーに乗ったメアとモアが手を振って応えた。

良一がリヤカーを引き、昨日剣技を見せてくれた時と同じ金属の鎧を着たココが隣を歩く。

一行は森を抜け、ドワーフの里ドワスを目指した。

ココは昨日の風呂の件は完全に水に流してくれたようで、良一に対しても自然に接している。

歩きながら話したところ、ココはBランクの冒険者で、結構強いらしい。

世間ではBランク冒険者は一流になるかならないかの境目《さかいめ》くらいと看做《みな》されていて、Bランクになるには努力だけでなく才能も必要とのことだ。

「石川さんは、木工ギルドに石工ギルドに冒険者ギルドと三つのギルドに登録しているのですね。職人ギルドに登録されているなら、神の加護が二つは付いているということですか？　シャウトベアキングを一人で倒したとも聞きましたし、何者なんですか」

「何者って言われても……ただの木こりで、石工師で、冒険者だよ」

「そうなんですか」

ココははぐらかされて少しムスッと頬を膨らませたが、それ以上は追及《ついきゅう》してこなかった。

「今日は少し急いで行くよ」

大人数での移動ではなく、足の遅いメアとモアはリヤカーに乗せているので、この旅では良一のステータスを存分に発揮《はっき》するつもりだった。

「ココさんも、速すぎたら言ってくださいね」

「Bランク冒険者の実力をお見せしますよ」

ココはそう言って鎧を着たまま軽くジャンプする。

シャウトベアキングを討伐して、良一のレベルはまたグンと上がった。それに伴《ともな》って動体視力や運動神経も向上したようで、自分が思い描いたとおりの動きができるようになったと感じていた。

「じゃあ、行くよ」

良一はリズム良く足を動かし、徐々にリヤカーを引くスピードを上げていく。

「ココさん、まだまだいけますか？」

「もちろんですとも」

一行はスピードを維持して森を走り抜けた。

「良一兄さん、速すぎます！」

メアが若干震えながら言ってくるので、少しスピードを緩めた。

「石川さんは、足が、速いですね」

ココも少し息が切れているが、まだまだ元気そうだ。

「ここまでかなりハイペースで進んできてますし、もう少しスピードを落としましょう」

昼食の時間が近かったが、あと一時間もすればイーアス村の人達と一緒に利用したキャンプ地に着きそうだったので、そこで休憩することにした。

「到着」

「良一兄ちゃんも、ココ姉ちゃんも速かった」

「はい、お水です」

モアがはしゃぐ横で、メアが気を利かせて手荷物からペットボトルの水を差し出した。

「どうやって、飲むんですか」

「ココ姉ちゃん、こうやるの」

モアが力を込めて自分のペットボトルの蓋を開けてみせる。

「なるほど、こうですね」

ココは見よう見まねで蓋を開けて水を飲んだ。

メアもモアも初めてペットボトルを見た時は大層驚いていたが、すぐに慣れてしまった。

休憩しながら昼飯は何が良いかと考えて、良一はお好み焼きを作ることにした。

三人とも焼きそばを気に入っていたので、ソース系が続いても文句は言わないだろう。

「じゃあ、ドンドン焼いていこうか」

何種類ものネタを用意してフライパンで次々に焼いていった。

「美味しい～」

「このお肉のやつ、好き～」

「こっちの白いのも弾力があって美味しいです」

モアは豚バラ、メアはシーフードが好みのようだ。

ココも二人に負けないほど美味しそうに食べている。

「良一さんは、旅をしてきた私でも見たことがない料理を作ってくださるし、どれもとても美味しいです。料理ギルドの人が作ったものより美味しいですよ」

いつの間にか、ココが良一を〝石川さん〟ではなく〝良一さん〟と呼ぶようになっていた。

「みんな、おかわりも焼いているから、いっぱい食べてくれよ」

良一がそう声をかけると、三人の声がハモった。

「「「おかわり」」」

いっぱい食べて、少し食休みをしてから出発した。

「今日中にはドワーフの里に着きたいから、ペースを上げよう。午前中よりも揺れるかもしれないけど、少し我慢《がまん》してくれ。ココさんは大丈夫ですか？」

「お腹もいっぱいで、元気もいっぱいですよ」

「そうですね、腹ごなししながら、徐々にスピードを上げていきましょう」

結局日は暮れてしまったが、夜にはドワーフの里に辿り着くことができた。

しかし、すでに里の門は閉ざされていて、門番が良一達の前に立ちふさがった。

「兄さん方、夜は通行許可証がないと里に出入りできないんだ。持ってないならこの辺で野宿をしてくれ。悪いが、規則なんでな……」

里の門兵に軽くあしらわれてしまい、良一達は野宿することにした。

「じゃあ、向こうでキャンプしようか。野外だし、晩飯は簡単なもので済まそう。明日里に入ったらご馳走にするからな」

良一はキャンプ用品店で買ったテントを、ランプの明かりを頼りに手際よく二つ組み立てた。

夕食は即席ラーメン。ネギ、メンマ、ナルトとレトルトのチャーシューをトッピングしただけの簡単なものだ。

いかにもインスタントな味ではあるが、屋外《おくがい》で食べると妙に美味しく感じるもので、満足のいく夕食になった。

「じゃあ、おやすみなさい」

テントは二人用なので、良一とメア、ココとモアの組み合わせに分かれて床に就いた。

テントの中にロールマットを敷いて横になり、夜は若干肌寒いので、毛布をかけてあげた。

メア達が寝息を立てはじめてしばらく経った頃、良一のテントにココが近づいてきた。

「良一さん、気づいていますか？」

ココは鼻をヒクヒクとさせて辺りを窺う。

「まあね、なんとなく誰かに見られているような……」

「七人くらいに囲まれています」

どうやら素行《そこう》のあまりよろしくない連中に囲まれてしまったようだ。

ココは油断なく剣の柄に手をかけ、辺りに注意を払っている。

「まあ、俺がなんとかするんで、ココさんはテントに入って休んでください」

良一がそう言うと、ココさんは少し怖い顔をした。

「良一さん、いくらあなたがシャウトベアキングを一人で倒したといっても、多人数で連《れん》携《けい》のとれた相手に囲まれたら危険なんですよ？　ここは二人でメアちゃんとモアちゃんを守らないと」

彼女が言うことはもっともだが、いつ襲ってくるか分からない相手を警戒して待っているなど、堪《た》えられない。良一は手っ取り早く解決するために分身体を最大限召喚した。

石川良一
レベル：45
生命力：5100／5100　魔保力：8500／8500
攻撃力：4000　守備力：4300
速走力：2000　魔操力：4000
魔法属性：全属性
所持アビリティ：《神級再生体》《神級分身術》《神級適応術》《アイテムボックス》

《神級鑑定》《取得経験値・成長率十倍》《全言語取得》《初級斧術》《中級伐採術》《中級木工術》
神の加護：森と木材の神ヨスク、石と鉱材の神ゴドゴ

シャウトベアキングを倒して、レベルが10以上上がったおかげで、分身体の数はさらに増えている。

「これだけいれば安全でしょう？」

「えええ！　えっと、これは、良一さん⁉　何人いるの……」

ココは突然現れた百三十体以上の分身体に腰を抜かす。

彼女はシャウトベアキングの討伐方法を聞いていなかったか、分身は冗談か何かだと思っていたのかもしれない。

良一は分身体に命令を出して、そばで様子を窺っていた連中を炙《あぶ》り出し、大人数で囲んだ。

「なんだ、こいつら全員同じ顔だぞ⁉」

「やめろ近づくな、武器を返せ！」

「まだ何もしてないだろうが」

すぐに男達の悲鳴が上がる。大半は一目散《いちもくさん》に逃げていったが、何人かはその場で気絶《きぜつ》し

てピクピクと痙攣《けいれん》している。

「朝までこの分身体が守ってくれるから、寝た方がいいですよ」

目を疑う光景に、ココは口をパクパクとさせながらテントの中に入っていった。

「じゃあ、俺も寝るかな」

良一は分身体に見張りを頼むと、メアの寝顔を少し眺めてから毛布にくるまった。

三章　貴族様との出会い

「おはよう、朝食を作っておいたから、食べたら里の中に入ろう」

一足先に起きた良一がスープを煮込んでいると、テントから他の三人がモゾモゾと出てきた。

「おはようございまひゅ、良一にいしゃん」

「おはよ〜、良一にいちゃん。なんかいい匂い〜」

「おはようございます、良一さん。凄く肌触《はだざわ》りの良い毛布でした」

まだ眠そうにまぶたを擦る姉妹に続いて、身だしなみを整えたココが揃ったところで、焼いたソーセージと食パンが皿に並んだ。トースターが使えないので、パンはフライパンで軽く焼いた。

「俺は食パンにはマーガリンと蜂蜜《はちみつ》が一番だと思うんだけどな」

「え〜、この赤いジャム？　の方が好きだな〜」

「私は黄色のジャムが良いです」

「この黒っぽいジャムも美味しいですよ」

モアが苺《いちご》ジャムの瓶を持って主張する。メアはオレンジマーマレードを、ココは葡萄《ぶどう》のジャムを好んでいるようだ。

朝食を食べ終えると、ココは昨日の連中を気にして辺りを窺ったが、分身体に打ちのめされた者の姿はなかった。大方仲間が救助していったのだろう。

手早くテントを片付けた良一達は、ドワーフの里の門に向かう。

朝早いからか人の出入りは少なく、ほとんど待たずに里に入ることができた。

「ココさんとは、ここでお別れですかね」

良一がそう尋ねると、モアはココに抱きついて不満を露わにした。

短期間で随分と懐いたようだ。

「え～！　ココ姉ちゃんは、ここでバイバイなの？」

メアも何も言わないまでも寂しげな目を向けていると、ココが遠慮がちに切り出した。

「うう……その、良一さん、よければもうしばらくご一緒してもいいですか？」

「ええ、もちろん。モアもこんなに懐いていますし、ココさんが良いならぜひ」

「ありがとうございます。しばらくお世話になります」

「わーい、ココ姉ちゃんと一緒～」

ココが旅に同行することが決まり、しんみりした空気もすっかり消え、四人は一緒にドワスの里長に会うために役所へ向かった。

「すみません、イーアス村の村長から手紙を預かってきました。里長のホーハイさんにお目通りを願いたいのですが」

「少々お待ちを。長に確認を取って来ます」

受付の男性職員が奥で何か確認すると、里長の秘書だという、眼鏡をかけた黒髪ロングの三十代くらいの美女がやってきた。

「石川様でいらっしゃいますか、里長はすぐにお会いになるそうです。こちらにどうぞ」

秘書の女性に案内され、良一達は役所の奥の執務室に通された。

「イーアス村からの使いの石川君かね。里長のホーハイだ。ついこの前イーアス村からの旅行者達が来たと記憶しているが、何か急用かね？」

机に山と積まれた書類の束《たば》の背後から、壮年《そうねん》のドワーフが顔を覗かせた。

「私もその集団に参加していた一人です。実は、道中〝あるモンスター〟に襲われまして」

「シャウトベアだろう。その件は聞いている。珍しいことだが、数年に一度はある話だ」

「いえ、それは往路の話で、私達は帰りの道中でシャウトベアキングに遭遇したんです」

「なに、帰路でも……しかもシャウトベアキングだと!?　見間違いではないのか？」

「私のアイテムボックスにシャウトベアキングの死体が入っております。確認しますか」

「見せてもらおう。シャウトベアキングかどうか確認できる者がいる冒険者ギルドに移動したいのだが、構わないな？」

「ええ、もちろん」

秘書の女性は突然の決定に困惑したが、結局押し切られ、里長と一緒に冒険者ギルドへ行くことになった。

「ギルドマスターを呼んでもらえますか」

「は、はい、ただいま」

里長の急な訪問に驚き、受付の職員は飛び上がって奥へと走って行った。

「いったいどうした。ホーハイ里長」

「トキラさん、一緒にあるモンスターを確認してもらいたいのだが。ギルドの部屋をお貸しいただけないか？」

「訳ありか……構わんよ。ついてきなさい」

メアとモアは外でココに見ていてもらうことにして、良一は里長とともにギルドマスターの案内に従った。

ギルドの奥の部屋には年老いたドワーフが一人いて、良一と里長と秘書、ギルドマスターのトキラの五人が揃った。

重い空気の中、ギルドマスターが口を開いた。

「それでホーハイ、今回わざわざ冒険者ギルドに来たのは、そっちの若者が関係しているのか？」

「そうだ。石川君、例の物を見せてもらえるかな」

「この部屋は汚れてもいいんでしょうか？」

「ああ構わん。何を出すんじゃ？」

ギルドマスターの許可を得て、良一はアイテムボックスからシャウトベアキングの死体を取り出した。

大きな体格に見合った重い音が響く。

「これはシャウトベア……いや、シャウトベアキングか」

ギルドマスターがそう呟くと、ドワーフの老人が死体に触って検分《けんぶん》を始める。

秘書の女性が驚いてすっかり言葉を失っている中、里長は遠い目をして語り出した。

「私も若い頃にシャウトベアと戦ったことがある。しかしこれは、キングという名に相応《ふさわ》しく、シャウトベアとは比較にならないくらい大きいな」

「どうだ？　間違いないか？」

ギルドマスターが聞くと、老ドワーフが重々しく頷いた。

「この毛の色、体の大きさから判断しても、この近辺の山のヌシだった奴じゃな」

「やはり……。で、お前さんが仲間とともに討伐したのか？」

ギルドマスターは険しい顔で良一に問いかけた。

「まあ、一人ではありませんでした」

「ふむ。しかし、高ランクの冒険者の顔は大体知っておるが、君の顔は見たことがないな」

「この辺に来たばかりですし、普段はイーアス村にいますから」

「冒険者ランクは、今いかほどだ？」

「先日登録したばかりなので、Eランクです」

「Eだと……それは勿体ない。シャウトベアキングを倒したなら、すぐに昇級できるだろう」

「恐縮《きょうしゅく》です。実は、このシャウトベアキングは、ドワスからイーアス村へと帰る道中に襲ってきたのです」

「何、襲われた？　山から下りてきていたのか！」

「キング同士で世代争いでもして、敗れて山から出てきたのかのう？」

驚きを露わにするギルドマスターに、老ドワーフが冷静に推測を述べる。

「私がこいつと戦った時は、体のどこにも傷がなく戦闘の痕跡《こんせき》はありませんでした。力量の差がある相手から逃げて山を下りてきたのではないかと、イーアスの村長達は言ってました」

「まさか！　モレス山脈にドラゴンが再び現れたとでも……？」

「その可能性がある、ということです。詳しくはこの手紙を読んでください。私はこれから農業都市エラルに行き、ギレール男爵にも同じ報告をして、調査の兵を出してもらおうかと」

「ドラゴンが再び現れたならば二十年前の惨劇《さんげき》が近い将来再び訪れるやもしれんな」

ギルドマスターがそう呟くと、里長も同意した。

どうやら二人とも真剣に受け止めたようだ。

「では、我々もイーアス村の村長殿と同じく男爵宛に要請書《ようせいしょ》を書こう。私達二人の連名なら男爵も悪いようにはしないだろう」

「ありがとうございます」

里長は秘書に判を取りに行かせ、この場に残った男だけで話を続けた。

「原因がドラゴンだとすれば、二十年前の夫婦《めおと》の竜の子じゃろうな。いくら捜《さが》してもおらんかったが、やはりどこかに潜んで今まで生きてきたのかのう」

老ドワーフはしかめ面《つら》でそう言ってあご髭をしごく。

「齢《よわい》二十程の竜ならば、体は大きくなっているじゃろうが、鱗《うろこ》はまだ柔らかい。老竜に比べれば厄介《やっかい》な存在ではないが、いずれにしても早急な対応が必要じゃな」

里長は戻ってきた秘書から判を受け取ると、早速手紙をしたため、それにギルドマスターも署名《しょめい》した。

「じゃあ、男爵によろしく頼む。秘書に馬車を手配させておいたから、それで行くと良い」

「はい。ありがとうございます」


里の門に行くと、話に聞いたとおり馬車が待っていた。

「馬車に乗るのは初めてです」

メアは初めての経験に目を輝かせていたが、モアはリヤカーが気に入っていたのか、疑いの目を向けている。

「これって、良一兄ちゃんが引くよりも速いの？」

馬と比べられてはかなわないと苦笑しながら、良一は先に客車に乗り込んでココを引き上げる。

他にも乗客がいるらしく、数人待ってから馬車はドワーフの里を出発した。

「馬車も揺れるね～」

「モア、他の人の迷惑になるからじっとしてなきゃダメだよ。〝めっ！〟だよ」

モアは退屈していたのか体を揺らしていたが、メアの注意を素直に聞いて大人しくなった。

四人が乗った馬車は、午前と午後に一便ずつドワーフの里と農業都市エラルを往復する定期便だ。

予定では今夜中間の宿場町で一晩明かし、翌日の正午前に目的地に着くらしい。

「ねえ、ココ姉ちゃん。何かお話を聞かせて」

「お話ですか、何を話しましょう」

モアはやはり暇なのか、ココに話をせがんでいた。

「ココ姉ちゃんのお家がある場所はどんなところなの？」

「私の故郷ですか？　このメラサル島から西にあるココノツ諸島のイチグウ島と呼ばれる島ですよ。風光明媚《ふうこうめいび》な所で、果物が美味しいんです」

「ふうこうめいび？　よく分かんないけど、行ってみたいな～」

「ええ、ぜひいらしてください。三人とも来てくれたなら、歓迎しますよ」

そんな調子でココが地元の話を聞かせているうちに、モアはココの膝を枕《まくら》にして寝はじめてしまった。メアも眠そうだったので良一が膝枕をしてやると、最初は恥ずかしがっていたものの、すぐに寝息を立てはじめた。

「良一さんは、この島の出身なんですか？」

「いや、とっても遠い所。もう二度と行けない場所ですよ」

「二度と……ですか」

「少し寂しいですけど、後悔はありません。故郷を出たおかげでメアとモアに出会えたし、ココさんにも会えましたしね」

「そうですね、私が三人に出会えたのも、こうして故郷を出たおかげです」


良一達は中継地で一泊して、翌朝出発した。

馬車は順調に進み、このまま何事もなくエラルに着くかと思われた時だった。

「グォォルゥーーン」

笑い合うメアやモアの楽しげな声をかき消して、恐ろしい咆哮が響いた。

馬車は急停車して、良一とココは即座に飛び出した。

「今の叫び声は⁉」

「三時の方角です！」

ココが指差す方角を見ると、空に黒い物体が浮かんでいた。

良一には大きなカラスか何かのようにしか見えなかったが、ココははっきり見えているようで、目を見開き、鋭く叫んだ。

「ド、ドラゴンです！」

「ドラゴンッ⁉　まさか、村長達の話に出ていた奴か」

「こっちに近づいてきています」

黒い点のようなものはどんどん近づいてきて、ついには良一の目にもその姿をハッキリと見ることができるようになった。

ココは険しい顔で続ける。

「まだ若いドラゴンのようですけど、馬車の乗客には他に戦える者はいませんし、私達だけでは到底倒せませんよ」

良一は目の前にまで近づいたドラゴンのステータスを確認する。

グレートドラゴン
レベル：98
生命力：230000／230000　魔保力：36000／36000
攻撃力：23000　守備力：20000
速走力：4000　魔操力：13000
魔法属性：火、風、雷、竜
所持アビリティ：《特級牙術》《特級爪術》《特級咆哮》《特級空中制動》《特級肉体強化》

「勝てる気がしませんね。ステータスの桁が違う。あれでドラゴンの中では弱い方なんですか？」

「父上に聞いた話では、大人の竜はあのドラゴンの二倍はあるはずです」

「でも、俺達でなんとかしないといけないからな……」

良一は歯噛《はが》みしながら分身体を出現させて、馬車を守るように展開した。

ココも静かに剣を抜き放ったところで、メアとモアが馬車から不安そうに顔を覗かせた。

「「良一兄さん（兄ちゃん）」」

「二人とも馬車の中にいろ！　外は危険だ！」

良一はドラゴンから視線を外さず、二人に注意する。

「ココ、とりあえず、死なないように、無理せず追い払うことを第一にしよう」

緊迫《きんぱく》した状況で、良一の口調が荒くなる。

「難しい注文ですね。でも、私も死ぬつもりはありません」

ドラゴンは鋭い足のかぎ爪を突き出し、空中から馬車を襲おうと迫る。

良一はすかさず分身体全員で魔法を放って迎撃《げいげき》した。

「やっぱり、魔法は全然効かないな」

「けど、意識がこっちに向きました」

魔法が直撃したドラゴンは、煩《わずら》わしそうに良一達を見て、そちらに狙《ねら》いを定めた。

「おそらく、あの若いドラゴンはステータスも高いですし、今までまともに傷を負ったことがないはず。一太刀《ひとたち》でも浴びせて傷をつければ呆気なく逃げると思います」

「なら、俺が注意を引くから、その一太刀を頼む！」

しかし、良一が突撃させた分身体はロクにダメージも与えられず、ドラゴンが無闇やたらと振るう牙や爪や尻尾《しっぽ》を受けて一撃で消え去ってしまう。

「良一さん、ブレスです！」

ココの叫び声が響く。

良一の場所からでも大きく開いたドラゴンの口腔《こうこう》の奥が、赤く光っているのが確認できる。

「ココ、俺の後ろに」

良一は分身体を自分の前に集めて何重もマジックシールドを張った。

「シャウトベアの炎とは比べものにならないな」

分身体が次々にブレスの犠牲になり、マジックシールドも呆気なく突破されていく。

「頑張ってください！」

あとシールドが数枚というところで……ようやくブレスの放出がやんだ。

「大丈夫ですか」

「火傷《やけど》したくらいだ。ココの方こそ大丈夫か？」

「ええ、良一さんが守ってくれましたから」

ブレスを防ぎきって胸を撫で下ろした二人だったが、反撃に転じるには隙がなさすぎる。

「ココ、これを何度も防ぐのは厳《きび》しい。時間が経てばますます不利になりそうだ。ここは多少無茶をしてでも一気に決めよう」

「では、私のとっておきの技を放ちます。ですが、それまでに五秒間溜め込みが必要です」

「分かった。闇の上級魔法を使えば五秒は稼げるだろう」

分身体にマジックスピアを投げ込ませて牽制《けんせい》しながら、良一はアビスダークネスの準備を始める。

「ココ、こっちは準備ができたけど、いけるか⁉」

「ええ、お願いします！」

「アビスダークネス！」

良一が撃ち出した漆黒《しっこく》の八面体は見事ドラゴンの体を捉えるが、わずかに胸を傷つけた程度でダメージは少ない。

しかし、突然の出血と痛みに驚いたドラゴンは、地上に下りて、良一の本体目掛けて怒りにまかせた突進を仕掛けた。

大口を開けて牙を剥き出しにしたドラゴンの頭が良一に迫る。

そこに、ココが斬《き》り込んだ。

「狗蓮流奥義《おうぎ》、蓮華一閃《れんげいっせん》」

ココは納刀していた剣を抜き放ち、目にも留まらぬ速さで振り抜いた。

「ギャリュゥー‼」

ドラゴンが大きな叫び声を上げる。胸には大きな一文字の傷がつき、大量に血を流している。

そしてその目から先ほどまでの怒りの炎が消え、戦意を失ったドラゴンは飛び上がってその場から逃げていった。

「なんとか退《しりぞ》けられましたね」

ココが額の汗を拭いながら良一に笑いかけた。

「でも、ドラゴンに襲われるなんて、とんでもなく不幸だよ」

「ドラゴンに襲われて死傷者がいないんですから、むしろこれは幸運ですよ」

「そうかもな」

良一は何かの役に立つかもしれないと思って、ココの斬撃《ざんげき》で傷ついたドラゴンから剥がれた鱗を何枚か拾い、アイテムボックスに回収した。

「良一兄さん！」

「ココ姉ちゃん！」

脅威《きょうい》が去ったことで、メアとモアが馬車から飛び降りて良一達に駆け寄ってくる。二人は座り込んだ良一とココに抱きつき、泣きじゃくった。

「メアとモアには心配をかけてばかりだな。大丈夫だよ、ドラゴンは逃げていったから」

乗客や御者《ぎょしゃ》も近づいてきて、全員が二人に感謝したが、懸念していたドラゴンと遭遇した以上、一刻も早くエラルに行って注意を呼びかけねばということで、良一達は先を急いだ。

「見えてきましたよ」

戦闘による時間のロスはあったが、御者と馬が頑張ったおかげで、一行は正午よりも大分早く農業都市エラルに辿り着いた。

「どうしたんだ、そんなに急いで？」

尋常ではない勢いで走ってきた馬車を見て、農業都市エラルの四人の門番は警戒気味に応じた。

「男爵に至急《しきゅう》お伝えを、ドラゴンが出ました！」

御者がやや食い気味にそう告げると、門番は対応に苦慮《くりょ》して顔を見合わせる。

「ドラゴンだと⁉　しかしなあ……ここ最近そんな噂は聞かないが……」

「イーアス村の村長とドワスの里長から男爵に宛《あ》てた親書を預かっています。どうすればお会いできますか？」

良一も痺れを切らして、門番の中でも一際豪華《ごうか》な鎧を着た偉そうな兵士に尋ねた。

「分かった。町の中心の領主館に男爵がいらっしゃる。この札を領主館の兵士に見せれば、面会の予定を組めるだろう」

良一達のただならぬ雰囲気を感じ取り、隊長と思《おぼ》しき兵士が特例的に面会許可の札を出した。

四人は農業都市エラルに入るなり、脇目《わきめ》も振らずに領主館を目指した。

「男爵にお目通りを願いたいのですが」

「お約束か紹介状は？」

館の警備の者に問われ、良一は先ほどの札を見せた。

「門番の隊長さんに札をもらいました。それから、イーアス村の村長とドワスの里長の親書があります」

「うむ、少々待たれよ。確認を取ってくる」

「男爵様に会うんですか？」

メアが少し緊張した様子で聞いた。

「ああ」

「良一さん、メアちゃんとモアちゃんは私が見ていますから、今回もお一人で行ってください」

長い話になるのを見越《みこ》して、ココが気を利かせてそう申し出た。

「じゃあ、ちょっと待っていてくれ。遅くなるかもしれないから、菓子パンとお金を渡しておくよ」

「うん、いってらっしゃい」

メアとモアはココに連れられて近くの喫茶店《きっさてん》へと向かった。

ちょうどそこに警備の者が戻ってきた。

「男爵にお伺いを立てたところ、お会いになるそうだ。お連れ様はどちらに？」

「幼すぎるので、私だけが」

「では、こちらへどうぞ」

館に入ると、玄関ホールにタキシードに身を包んだ老齢の白髪《しらが》の男性が立っていた。歳の割に背筋はしっかり伸びていて、しわが深く刻まれた顔からは、知的で〝遣《や》り手〟な気配が伝わってくる。

「男爵家の家宰《かさい》を務めている、ケロスと申します」

男性が洗練《せんれん》された所作《しょさ》で軽く一礼した。

「はい、石川良一と申します」

「ドラゴンが現れたと伺っていますが？」

「はい。エラルとドワーフの里の間にある宿場町から……だいたい馬車で二時間ほど進んだところだと思いますが、そこで襲われました」

「なるほど。それを証明できる物は何かありますか？」

良一はアイテムボックスから、落ちていたドラゴンの真新《まあたら》しい鱗を取り出して渡す。

「なるほど、結構です。あなたも襲われたのですか？」

「はい。なんとか退けられましたが」

「すぐに男爵にお話をしてもらわなければ」

老齢の男性は良一を二階の執務室まで案内すると、扉をノックして呼びかけた。

「失礼いたします。男爵、使者の方をお連れしました」

部屋の中にいたのは、華美《かび》な衣服に身を包んだ温和そうな顔つきの中年男性だった。

「ご苦労。ようこそお客人。何用かな」

「石川良一と言います。男爵様宛に手紙を三通預かっています。イーアス村の村長コリアス、イーアス村木工ギルドギルドマスターのコッキス、ドワスの里長ホーハイと冒険者ギルドギルドマスターのトキラの連名の親書です」

良一が手紙を三通差し出すと、男爵は家宰のケロスを介して手紙を受け取り、目を通した。

「なるほど、二十年前のドラゴンの子供が成長して脅威になる可能性があるので、領軍でドラゴンの捜索《そうさく》をしてほしいということか。ドラゴンは本当にいるのか？」

「はい。手紙を預かった時点では疑念《ぎねん》でしかありませんでしたが、つい数時間前に私達の乗った馬車がドラゴンに襲われました」

「それは本当かね⁉　よく無事だったな……で、ドラゴンだと分かる証拠はあるのか？」

「私と仲間のBランクの冒険者で協力して、運良く追い払えました。これはその戦闘の時に手に入れたドラゴンの鱗です」

良一はココが切り落とした鱗を数枚取り出した。

ケロスは良一から預かった鱗を男爵に見えるように掲げながら自分の見解《けんかい》を述べる。

「確かに、若いドラゴンの物に間違いありません。しかも、二十年前に討伐したドラゴンと同色の黒。わずかに血液が付着していますから、剥がれて間もない物と見ていいでしょう」

「ケロスがそう言うなら間違いないか」

「ええ。あの時は一週間山をくまなく捜索しましたが発見できなかったので、子はいないと思われていましたが……すでにある程度成長していて、巣とは離れた場所に隠れていたのでしょう」

「しかし、ではなぜ今になって動き出したのだ？」

「は……おそらく、充分に成長して繁殖期《はんしょくき》に入り、番《つがい》となる相手を探し回っているのかと」

「厄介な……。いずれにしても、我が領軍だけでは手に負えんだろうな。至急、公都グレヴァールのホーレンス公爵に早馬《はやうま》を出して、ドラゴン討伐の兵を貸してもらわなければ。この鱗は証拠の品として必要になる。私が買い取らせていただくが、構わないか？」

「はい、もちろん」

「うむ。ケロス、石川君にしかるべき金額を渡しておいてくれ。私はすぐに公爵様に嘆願《たんがん》書《しょ》を書く」

「では石川様、別室にどうぞ」

こうして良一の異世界での貴族との邂逅《かいこう》は案外あっさり終わった。

「石川様、こちらが鱗の買い取り金と、報奨金《ほうしょう》です。ドラゴン出現の報《しら》せを伝えていただき、感謝します。数日中には公爵様が兵を出します。一週間以内に軍が行動を開始するでしょうが、それまでにドラゴンの襲来《しゅうらい》があれば各地で対応してもらうしかありません」

「そこは、仕方ないですね」

「領内にドラゴンが出たと警告を出します。ドワーフの里やイーアス村にも我々の方から至急使いを出しますので、石川様はエラルに滞在して旅の疲れを癒《い》やしていただいても大丈夫です。もちろん、我々としてはイーアス村にご帰還《きかん》いただき、公爵様の軍がドラゴンを討伐するまで村を守っていただければありがたいです」

「そうですね、今日一日ここで休んで、明日には出発しようと思います」

「それでは、この度はありがとうございました」

領主館を後にして、メア達が待つ喫茶店に足を運ぶと、三人はなぜか周りの人から遠巻《とおま》きに注目されていた。

「あっ、良一兄ちゃん。こっちこっち」

モアが手をぶんぶんと振って、良一を呼んだ。

「お疲れ様でした。良一さん、男爵にはお会いできたんですか？」

「公爵にも軍を出してもらえるように要請するって。イーアス村やドワーフの里にも早馬を出すと言っていたよ」

「良かった……。あの傷なら、ドラゴンは一週間くらい巣に引き籠《こ》もるかもしれませんね」

「ところで……どうして周りのお客さん達は俺達を遠巻きに見ているんだ？」

「ココ姉ちゃんがね、男の人をぽーいって投げたの！」

「ココさんが悪い人をやっつけたんです！」

メアとモアが、興奮気味に説明してくれたがさっぱり分からない。それでも、なんとなくのニュアンスが伝わった。

「なんだ？　絡まれたのか」

「しつこく声をかけてくるので、少し痛い目を見てもらってお引き取りいただきました」

ココはそう言って、晴れやかな笑みを見せた。

良一はなんとなく光景を想像して苦笑しながらも、これからの予定を伝えた。

「移動続きでみんな疲れているだろうから、今日はエラルに泊まろう。明日の馬車でドワーフの里に向かって、イーアス村に帰る予定だ。公爵や男爵が出した兵がドラゴンを討伐するまで、村を守ろうと思うんだけど……」

良一はそこで言葉を切って、ココをちらりと見た。

「そうですね。私も一緒に戻ります。良一さんと私がいれば、イーアス村にドラゴンが来ても被害は抑えられるでしょうしね」

「ココさん、気持ちは嬉しいけど、そこまでの危険を冒《おか》さなくても……」

「ここで私だけが去るなんて、剣士としての誇《ほこ》りが許しません」

そう言ったココの澄んだ瞳に宿る決意を感じ、良一は説得を諦めた。

「……そうか、改めてよろしく」

「こちらこそ！」

「それじゃあ、宿を取ってからエラルを散策《さんさく》しようか。ここに来る途中にも美味しそうな匂いの食べ物がいっぱい売られていたからな」

良一はメアと手を繋ぎ、ココはモアと手を繋ぎながらしばらく歩き、一行は宿場が集まる区画に足を踏み入れた。

「暁亭《あかつきてい》か……。外観も清潔《せいけつ》で良さそうだな。ここにしようか？」

「うん。でも高そうです」

メアが懐事情を心配する気遣いを見せるが、良一はどんと胸を叩く。

「まあ、金ならあるから大丈夫だよ」

早速四人は〝暁亭〟と書かれた宿屋の門をくぐった。

宿は外観に違《たが》わず中も綺麗で、女性陣は三人部屋、良一は一人部屋を取ってから散策に出た。

「さて、どっちの道から行く？」

「うーん、まっすぐ」

モアの意見に従い、四人はまっすぐ道を進むことにした。

「モア、あの赤いのが食べたい」

移動を開始すると、早速モアが食べ物をねだった。

彼女が指差した赤い物はリンゴで、皮ごとかぶりつくと酸味《さんみ》が少なくてとてもみずみずしかった。

「あまーい」

「美味しいです。何個でも食べられそうです」

「リンゴの実はやっぱり美味しいわね。修業の後に食べると、一層美味しく感じるんだけど」

みんなが絶賛《ぜっさん》するだけあって確かに美味しかったので、良一は追加で十個ほど買っておいた。アイテムボックスに入れれば腐《くさ》らないので、たくさん買っても安心だ。

それからまた露店《ろてん》に並べられている商品を見たり、軽い物を食べたりしながら町を歩いていると、大きな白い建物に出くわした。

「なんだ？　随分大きいな……」

「うーん、あのレリーフは農業と治水《ちすい》の神モンドの神殿ですね。モンド神の加護があるから、この町の周りは農業に適していて、それで農業都市って言うんですよ」

「神殿か。そういえば初めて見たな。イーアス村やドワーフの里にもあったのかな？」

「ギルドがあるなら、簡易的な祈祷《きとう》所はあるでしょうけど、神官様はいないでしょうね」

良一が頭に疑問符を浮かべていると、ココが詳しく解説した。

神殿とはもちろん、神を祀《まつ》る場所である。神官と呼ばれる、神に認められた者が三人いることが条件らしく、神官三人が神へと願い認められればその地に神殿が下賜《かし》されるらしい。

神殿ができ上がると、神殿に祀られている神の加護が土地に根ざして、大いなる発展が約束されるそうだ。

神殿が一つあれば町は栄《さか》え、二つあれば島が栄え、三つあれば国ができる——と言われるほど、神殿の御利益《ごりやく》は絶大《ぜつだい》なのだ。

今良一達がいるメラサル島には、このエラルに農業と治水の神モンドの神殿、公都グレヴァールに風の属性神シルフィーナが祀られた神殿があるらしい。

「神殿で祈れば、神の加護が得られて健康になれるって言われているから、メアちゃんやモアちゃんもお祈りしてみたら？」

ココの勧めに従って神殿に近づくと、物理法則を無視したような複雑なレリーフが施された柱や屋根が目についた。

良一が異世界で初めて見る透明《とうめい》なガラスの窓もあり、そのおかげで神殿の中は明るかった。

神殿内部には大勢の参拝者《さんぱいしゃ》が一列に並んでいて、列の先には白い服に身を包んだふくよかな中年女性がいた。

列の先頭の人が膝をついて頭を下げると、女性は頭に手をかざして、何かを呟いているようだ。

さらに、白い服を着た子供が、列に並んでいる人達に盆を差し出してお布施《ふせ》を集めている。

「お布施をお願いします」

良一達の順番になり、銀貨を一人一枚ずつ盆に載せた。

まずはメアとモアが女性の前でひざまずく。

「汝らに祝福があらんことを」

女性がそう言って頭に手をかざした。

すると、二人の体がフッと光った感じがした。次にココの番になったが、こちらも女性に手をかざされると体が光った。

前の参拝者を見ていた限りではこんな現象は起こっていなかったので、良一は不思議に思って首を捻《ひね》る。

順番が来て、女性が頭上に手をかざしたが、結局何も変わらないまま祝詞《のりと》が終わり、良一は勘違《かんちが》いだったと思うことにして列を離れたが……

「良一兄ちゃん、体がポカポカする」

「私も、なんだかふわふわします」

「私もだわ……。まさか、神の加護がついたの？」

三人とも体調の変化を訴えるので良一が三人に鑑定をかけると、ステータス欄に〝農業と治水の神モンドの加護〟が加わっていた。

三人に加護がついていると言うと、驚きながらも喜んだ。

「わーい、神様の加護だー」

「加護がつくなんて、大人みたいです」

「まさか、神の加護が三人も同時につくなんて」

良一も自分のステータス欄を確認したが、加護はついていなかった。良一は若干の疎外《そがい》感《かん》に苛《さいな》まれながら三人を離れた場所に誘導した。

「おーい、他の人の邪魔になるから少し離れようか」

移動すると、興奮してキャッキャとはしゃぐ三人の横に、一人の女の子がふらふらと寄ってきた。

そして、女の子は良一の服の腰の辺りをつまんでクイクイ引っ張ってきた。

「うん？　なんだこの子。迷子《まいご》か？」

女の子は金色の長い髪で、メアとモアの間くらいの年齢と思《おぼ》しき外見だったが、耳が普通の人間よりも長く尖《とが》っている。

良一の知識に照らし合わせると、このような特徴《とくちょう》を持っているのはエルフである。

「わー、お姫様みたい」

「エルフですか？　初めて見ました」

モアとメアは早速女の子に興味を抱いた様子だ。

「あなた、家族や仲間はいないの？」

ココが優しい口調で聞くと、エルフの女の子は首を縦《たて》に振った。

「家族いない、私一人」

「迷子じゃないとしたら何か用かな？」

「お腹空《す》いた」

エルフの女の子はそう言って良一に体を預けて倒れ込んだ。

良一は突然の出来事に戸惑いつつ、女の子を受け止めるが、見た目通りに凄く軽かった。

「この子、どうしようか……」

「ドーナツを食べよう！」

すっかりドーナツがお気に入りになっているモアが元気良く提案した。

良一達はその意見を取り入れ、空腹で倒れかけている少女を抱えて神殿から出ると、ベンチまで運んだ。

良一がとりあえずドーナツを出してみると、少女は凄い勢いでかぶりつく。

「私の名前は、マアロ・フルバティ・コーモラス」

少女はドーナツを頬張りながらマアロと名乗った。

良一はエルフというものは菜食《さいしょく》主義者で乳製品や肉、魚は食べないと思っていたのだが、少なくとも野菜以外の物でも口にするらしい。

マアロはその細い体のどこに入るのかという勢いで食べ続け、モアが手を伸ばす前に箱から全てのドーナツが無くなった。

「ドーナツが……」

一つも食べられなかったモアが目に涙を溜めて悲しげな声を出す。

あまりに切《せつ》ない表情で、良一は慌ててドーナツを複製して取り出した。

しかし、新しいドーナツの箱も見る間にマアロの腕の中に収まってしまう。

良一はマアロの頭を軽く叩き、モアと、同じく悲しみに沈み込んだメア、ココ達の前に新しいドーナツを一箱取り出した。

ようやくドーナツを食べられたモアの目から涙が引いて、たちまち笑顔になった。

そんな様子を横目に、マアロが小さな口をモキュモキュと動かしながら喋りだす。

「今まで生きてきた中で、こんな美味しい食べ物食べたことない」

「だからって、小さい子の分まで奪って食べるなよ。エルフって長命だから、実はメアよりも年上だったりするんだろう?」

良一が責めるとマアロは平然と答える。

「私はまだ二十四歳」

「俺の一つ上じゃないか……。ココさん、エルフって成長が遅いのか?」

「私も詳しくないですけど、エルフの寿命《じゅみょう》は三百年、ハイエルフなら千年は生きるとか。体の成長は二十代までは人間と同じスピードだそうですけど……」

「それにしては外見が幼すぎないか?」

「私はハイエルフとエルフのハーフだから五百年生きる。成長も遅い」

二個目のドーナツの箱が空《から》になり、マアロはメア達が食べているドーナツの箱に手を伸ばしながらそう言った。

「もう食ったのか。……だから、小さい子の分まで奪うなって」

「ドーナツという物が美味しすぎるのがいけない」

良一は〝最後だぞ〟と忠告して、三個目のドーナツの箱を渡した。

「満足」

「美味しかった」

「これで全種類を食べました」

メアとモアも満足したようだ。マアロは結局三十個のドーナツを一人で食べきった。

「それで、腹が減っていたのは分かったが、よりによってなぜ俺達に近づいてきたんだ？」

「私は神官、神の加護を得た人がなんとなく分かる。神の加護を得ている人はお金持ち。そして、私の考えは正しかった。なぜならドーナツと出会えたから。水の属性神ウンディーレ様に感謝」

つまり、現在全員が神の加護を持っている良一達は、いいようにたかられたらしい。

他の神の神殿で食べ物をたかるとは罰当たりじゃないのかと、良一は内心呆れた。

「ここに祀られている農業と治水の神じゃなくて、水の属性神の神官なのか。俺も木工ギルドのギルド員だから、ヨスク様の加護を得ているよ」

「ヨスク様にも出会いを感謝」

ドーナツも食べ終わり、良一達は再び町の散策をしようかと話していると、マアロが

〝ドーナツのお礼をする〟と言い出した。

「いいよ別に、出会いを感謝しておけよ」

「そういうわけにはいかない」

「とは言っても、俺達はこの町の住人ではないし、明日にはエラルを出発してイーアス村へと帰るからな」

「なら同行する」

「いやいや、まだ知らないかもしれないけど、今この近辺にはドラゴンが現れるんだ。俺達が行こうとしているのはドラゴンの棲処《すみか》の近くだから命の危険もあるんだぞ」

「だったらなおさら。私は神官で、回復魔法が得意。きっと役に立つ」

それから礼はいらないと言う良一と、同行すると言って聞かないマアロとのやり取りが続いたが、結局良一達が折れてマアロは旅に同行することになった。

「ところで、マアロは金を持っているのか」

「持っていたら食べ物を買っている。今日の宿もない」

見たところ、マアロの荷物は背中の背負い袋一つだけで、他には何もないようだ。

「良一さん、マアロは借りるつもりしかないみたいですね」

「もうここまできたら、いいよ……」

良一は諦めてマアロを含む五人で移動を開始した。

先ほどはドーナツを取られて警戒していたが、モアは今ではすっかりマアロに気を許していて、〝ちゃん〟付けで呼ぶようになった。

お姉さん呼びではないのは、ドーナツを奪い合う同類とみなしたからだろう。

「おっ本屋だな。少し見ていっていいか？」

「はい、良一兄さん。何を買うんですか？」

本屋に入って魔法書を探したものの、今まで手に入れた本と代わり映《ば》えしない品揃えだった。

変わり種として良一の目を引いたのは、農業都市に相応しい草魔法と農業魔法の魔法書。

農業ギルドのギルド員であれば割引されるとのことだったが、あいにく登録している時間はないので、高価だったが提示された値段で買った。

「魔法書はこれでいいとして、メアやモアは何か欲しい本があるか？」

良一が尋ねると、それぞれ絵本を差し出してきた。

メアもモアも自分の名前ぐらいしか文字を知らないらしく、本は自力で読めないため、良一やココが読んであげている。

良一も書くことはできないので、ついでに字を学ぶ本も買っておいた。

「良一、私も」

どさくさに紛《まぎ》れてマアロも本を数冊差し出してきた。

良一はあまりの図々しさに驚きながらも、見た目が子供なので無下《むげ》にはできず、そのうちの一冊だけ買ってあげた。

一通り買い物を終えてから馬車の乗車予約を入れ、一行は宿に戻った。

「すみません、一人追加したいんですけど」

宿の受付で良一が尋ねると、係の者は宿帳《やどちょう》をパラパラめくって空室を確認した。

「申し訳ございません、一人部屋は満室になってしまいまして……二人部屋なら空《あ》きがございますが」

「では、二人部屋を一室追加してください」

「かしこまりました」

良一は追加した二人部屋に泊まり、マアロは先に押さえていた一人部屋に泊まらせることにした。

「さて夕飯はどうする？　買い食いをしていたから、みんなお腹は減っていないか」

「うーん、でもちょっと減ってる」

「良一兄さん、私も少しだけ」

モアとメアがそう答えると、ココとマアロも続いた。

「私は普通ですね」

「良一、お腹空《す》いた」

うちの女性陣は食いしん坊キャラばかりか――良一は思わず内心でツッコミを入れた。

「じゃあ、宿の食堂で食べ切れる分だけ注文しよう」

「「「賛成！」」」

宿屋の人にオススメの料理を聞いてそれぞれ食堂で注文する。

良一は肉料理とスープだけ頼んだが、メアとモアはそれに加えてパンを、ココはさらに魚料理を、マアロに至っては四人前おかわりして、全て平らげた。

「少しは遠慮しろ」

良一はそう言って、マアロの頭を軽く小突く。

「ここまで食べたのは久し振り」

マアロはパンパンになったお腹を撫でながら、笑顔で応えた。

「そんなんでよく生きてこられたな」

「これも神のおぼしめし」

五人は食堂を出て、それぞれの部屋に戻って床に就いた。

はずだが……

良一がベッドに潜《もぐ》り込んで、ようやく眠りに落ちようかという時、扉を叩く音が聞こえた。不審に思いながら這い出て扉を開けると、部屋の前にマアロが立っていた。

「──で、なんの用事だ」

「よ・ば・い」

「さっさと寝ろ」

良一は戯言を抜かすマアロの頭を平手でパシンと叩いて追い払う。

マアロはきっぱり諦めたのか、それ以来扉を叩く音はしなかった。

◆◆◆

次の日、農業都市エラルを出発した良一達はドワーフの里で一泊し、翌朝から徒歩とリヤカーで移動して、イーアス村とドワーフの里の中間地点にあるキャンプ地へと辿り着いた。

「良一がいっぱい……」

テントの設営やドラゴンの警戒に当たっている良一の分身体を見て、マアロが呟く。

「マアロもちゃんと仕事をしろよ」

「ちゃんとやってる、見て」

そう言われてマアロを見ると、皮が異常に分厚く削り取られて、細長くなってしまった人参を持ってドヤ顔《がお》をしていた。

「メアとモアが皮を剥いた人参を見てみろ。普通にピーラーを使えばこうなるのに、どうやったらここまで細くなるんだ？」

良一が説教すると、モアは自信満々に自分が剥いた人参を見せびらかした。

「それは道具のせい。モア、交換して」

「いいよ～」

「いや、複製したものだから、性能に違いはない」

良一の指摘もどこ吹く風で、マアロはモアとピーラーを交換して再び人参を剥き始める。

しかし、五回皮を剥いだだけで人参は元の半分の太さになっていた。

「いや、なんでだよ……」

三人には、夕飯のカレーライスの具材の皮を剥いてもらっている最中だ。

人参に玉ねぎにジャガイモ、肉は牛肉を使い、ルウは市販の甘口の固形ルウを用いる。

「ココさん、具材のカットはできた？」

「ええ良一さん、しかしこれは目にしみますね」

ココは玉ねぎを少し大きめにカットしているところだが、鼻が良すぎるためにしみるのか、涙声である。

「ココさんに玉ねぎは厳しそうだな。残りは俺が切るから、人参を食べやすいように切ってくれ」

「了解しました」

そうして下ごしらえが終わり、軽く炒めた具材を煮込んでルウを投入すると、カレーの良い匂いが漂いはじめた。

「とっても良い匂い！」

「良一兄さん、美味しそうです」

「これはとても食欲をそそる匂いですね」

「お腹減った」

女性陣は四人とも涎《よだれ》をたらしそうな勢いで鍋を覗き込む。

「一晩寝かせたらもっと旨味《うまみ》が増えるんだけどね」

カレーを充分に煮込んで、温めたレトルトご飯にかけてみんなに配った。

甘口なので良一には少し物足りなかったが、メア達にはちょうどよかったらしく、みんな初めて食べたカレーライスを美味しい美味しいと言って何度もおかわりした。

「もう食べられない」

大鍋いっぱいに作ったのに、結局マアロが食い尽くしてしまった。

「さてと、風呂にでも入るか」

食後に一息入れたところで、良一は少し離れた場所で自作の風呂桶を取り出した。

キャンプ地ならば排水《はいすい》を考えなくても良いので、久しぶりに入ろうと思ったのだ。

「お風呂に入るの？」

「私も入りたいです」

「良一さん……またですか」

モアとメアが風呂に食いつくと、誤解は解けているはずだが、ココはどことなく非難の色を帯びた目を向けた。風呂を知らないマアロだけはよく分からずにポカンと首を傾げている。

良一は風呂桶に湯を満たすと、余っていた木の板で周りを覆って目隠ししてから、女性陣に風呂を勧めた。

結局ココとマアロもモア達に押し切られて風呂に入った。四人では狭すぎると思ったが、なんとか大丈夫なようだ。

「ココ姉ちゃんのおっぱい大きい」

「モアちゃん、そういうことは言わないの！」

「凄い、汚れが落ちる」

「良一兄さんが渡してくれた、この布で体を擦ると、もっと汚れが落ちますよ」

女性陣の話に聞き耳を立てているわけではないが、どうしても耳に入ってきてしまう。

良一はあまり会話に意識を向けないように、周辺の警戒や食器の片付けに専念した。

「良一兄ちゃん、気持ちよかった」

「スッキリしました」

モアとメアが満足げな顔で出てきた。

「初めて体験したけど、お湯に浸かるって気持ちが良いんですね」

「ほっこり」

ココとマアロも風呂を気に入ったようだ。

「じゃあ、俺も入ってくるから、何かあったら呼んでくれ」

良一もゆっくりと湯船でくつろいでから、お湯を捨てて湯船をアイテムボックスに回収し、後始末した。

みんなのところに戻ると、良一は女性陣が風呂に入っている間に作っておいたものを取り出した。

「モアが前に食べたいって言っていただろう？」

小さな器《うつわ》にフルーツポンチを取り分けて全員に配る。

桃缶やフルーツミックス缶を入れただけだが、見た目は華やかで充分だろう。

サイダーを入れたいところだが、メアやモアなどの小さい子供は炭酸が苦手《にがて》かもしれないので、代わりにリンゴジュースを使ってみた。

「わあ、これがフルーツポンチ⁉」

「赤くて黄色くて、美味しそう」

デザートを前に、子供二人のテンションが跳ね上がる。

「「「「美味しい」」」」

四人とも一口食べると笑みが溢れた。

「おかわり」

「残念だがおかわりはない。また今度な」

マアロはあっという間に平らげておかわりを要求したが、良一はこれをきっぱり拒絶《きょぜつ》した。すっかり絶望的な表情になったが、諦めてもらうしかない。

自分の分を美味しそうに一口ずつ味わって食べているメア達を見て、マアロは良一に物欲しげな眼差しを向ける。

「諦めろ」

それでもマアロは体を左右にゆらゆらと揺らしながら、近づいてくる。

「マアロちゃん、もう食べちゃったの？　みかんを一個あげる」

優しいモアがみかんをスプーンですくって差し出す。

しかしマアロは〝桃がいい〟などと言うので、良一は軽く頭を叩いて注意しつつ自分の分を渡した。

「おやすみなさい」

「ああ、おやすみ」

フルーツポンチを食べ終えた良一はメアとモアを先に寝かせて、分身体をさらに増やして警戒を厳《げん》にした。

良一がキャンプ用の折りたたみ椅子に座って満天の星を眺めていると、ココがテントから出てきた。

「綺麗な星空ですね」

「そうだな。メアとモアは寝た？」

「マアロが真っ先に寝て、メアちゃんとモアちゃんもすぐに寝ました」

「なんだかんだで旅に付き合ってもらって、感謝しているよ。メアとモアもココがいてくれて楽しそうだから」

「私の方こそ、メアちゃんもモアちゃんも可愛いし、一緒にいてとても楽しいです。実家にいた頃には味わえなかった、家族っていうものを感じました」

若干重い感じの話が出たが、良一は深くは突っ込まずに聞き流した。

「ココさんはこの騒ぎが落ち着いたらどうするつもり？」

「そうですね、寂しいですけどイーアス村に住むつもりはないので、時期を見てまた旅に出ます」

「そうか……。俺も将来的にはあの子達を連れて旅に出る予定だから、別れるまでの間遊んでやってもらえるかな」

「はい、もちろん」

◆◆◆

その日の夜はシャウトベアに襲われるなどということもなく、翌朝早くから残りの道程《みちのり》を走ることにした。

「三人で乗るには小さすぎるな」

リヤカーにはマアロも乗り込んでいる。

最初は歩かせていたのだが、良一とココのスピードについてこられなかったので、仕方なくメアとモアに詰めてもらって、荷台に三人乗ることになった。

昼過ぎ、いよいよ森を貫く道の幅《はば》が広くなり、イーアス村が近づいてきた。

「もうすぐだぞ」

良一が疲れを払うようにそう言うと、ココが少し険しい顔で耳打ちした。

「良一さん、なんだか臭いませんか?」

彼女は鋭い嗅覚《きゅうかく》で何か感じているらしい。

「特に何も臭わないけど……そう言われると胸騒《むなさわ》ぎがしてくるな」

「少し急ぎましょう」

良一は急に不安を覚え、足を速め、イーアス村へと急いだ。

「……これは」

「酷い」

イーアス村に着いた良一達が最初に発した言葉がそれだった。

彼らを待っていたのは、半壊《はんかい》して人気《ひとけ》のない、変わり果てた村。

「マアロ、メアとモアと一緒にいてくれ！」

「分かった」

「ココ、手分けして捜索するぞ」

「はい」

二人は森の泉亭、ナシルの雑貨屋、ギオの工房、木工ギルドと回ったが、誰一人いない。

これらの建物にはどこも目立った傷はなかったものの、他の建物には屋根が潰れたものや、焼け焦げた跡《あと》があるもの、中には血痕《けっこん》が付着した建物まであった。

「ココ、誰か人はいたか？」

「いえ、でも……被害状況を見ると、ドラゴンに襲われたようですね」

「ああ、でも血痕は残っていたけれど量は少ない。村人全員が被害に遭ったわけではなさそうだ」

「村長さんの家の門に、書き置きが貼ってありました」

ココは剥がしてきた紙を良一に渡した。

「巨兵の祠……みんなあそこに逃げたのか！」

それを見て、良一の顔に安堵が広がる。

「俺達も巨兵の祠に向かおう」

「ここから遠いのですか」

「歩いて一日くらいかな」

村の惨状《さんじょう》を見てすっかり怯えているメアとモアに状況を説明してから、良一達はすぐに巨兵の祠に向けて出発した。

「マリー姉ちゃんは無事かな？」

「ああ、無事さ」

モアの不安に満ちた質問に優しく答えながら、良一は道を急いだ。

巨兵の祠に向かう道の途中、良一の視界に村の男衆数人の姿が飛び込んできた。

「あれは……おーい、セカス！」

「良一じゃないか、無事だったのか!?」

「ああ。そっちこそ。村は……やはりドラゴンに襲われたみたいだな」

「昨日の昼、男爵の使いがやって来て、村長さんからドラゴンのことを聞いてたんだ。でもその後すぐに奴が村にやって来たんだよ」

「みんなは？」

「何人か怪我したけど、心配ない。村は滅茶苦茶《めちゃくちゃ》にされたが、ドラゴンも傷を負っていたから、なんとか追い払えた」

「それで、セカスはどうしてこんな場所に？」

「ああ、俺達はしばらく村に残って、逃げ遅れた者がいないか探していたんだよ」

「ところで、どうしてドワーフの里に逃げないんだ？」

「村の爺《じい》様達が言うには、二十年前のドラゴンは人の多いところを集中的に襲ったらしいからな。ドワーフの里に避難《ひなん》してもイーアスの人間全員は収容できない。キャンプなんかしてたらドラゴンに襲われる可能性が高いんだとよ。その点、巨兵の祠は石よりも頑丈な建物が数多く残っているから、そっちに避難した方が安全ってわけさ」

「まあ、みんなが無事でよかった。村に誰もいなくて心配だったんだ」

それから、一行はセカス達と合流して、村人が避難している巨兵の祠を目指した。

「良一、怪我はないか⁉」

良一達は日が暮れた後も歩き続け、夜も深い頃に巨兵の祠に辿り着いた。

祠の入口にはギオが待っていて出迎えてくれた。

「ギオ師匠もご無事で何よりです」

「ああ。ドラゴンが現れたなんて……嫌な予想が当たっちまったな。男爵や公爵の兵士が、ドラゴンを倒してくれるまで、しばらくはここで避難生活だ」

ギオは苦笑しながら肩をすくめた。

巨兵の祠の敷地《しきち》内にはイーアス村の住人がたくさんいた。良一はだいたい五百人と見当をつけている。

「あっ、良一兄ちゃん、マリー姉ちゃんがいるよ」

遠くにマリーを発見したらしく、モアがリヤカーを降りて駆け出した。

「俺達もマリーちゃんのところに行ってみよう」

良一はギオに挨拶をして、巨兵の祠の奥へと進んでいった。

「良一さん、メアちゃんにモアちゃん！　良かった……‼」

マリーの方も良一達に気づいて、メアとモアをギュッと抱きしめた。

「マリーちゃんも大丈夫そうだね、安心したよ」

「はい、私はこの通り平気なんだけど、お父さんが怪我をして」

マリーに連れられて救護《きゅうご》場所に行くと、何人かの男女が寝ており、その中に森の泉亭のご主人がいた。腕と体に包帯が巻かれており、全身が汗で濡れている。

看病をしていたルティアさんが、良一達に気づいて顔を上げた。

「旦那さんが怪我をしたそうで」

「ああ、ドラゴンが村を襲ってきた時に私を庇《かば》ってね……」

ルティアの顔にも疲労が滲み、いつもの元気がない。

「マアロ、回復魔法が使えるんだろ、怪我を治せないか？」

「任せて」

「まあ、回復魔法が使える神官様なのかい⁉ お願いします、どうか主人を助けてください」

しがみつくルティアの手を優しく握り、マアロはもう一度〝任せて〟と言った。

「敬虔《けいけん》な子供達に安らぎと癒やしを与え、彼《か》の者の痛みと苦しみを取り去りたまえ……ヒーリングライト」

マアロは怪我人に次々と回復魔法を使用していく。

すると、苦痛に顔を歪《ゆが》めていた人達が、徐々に穏やかな表情になっていった。

「これで安心」

「ありがとうございます。神官様」

マアロが一仕事終えると、ルティアや他の怪我人の家族が揃ってお礼を言った。

「俺からも礼を言うよ。ありがとうな、マアロ」

「良一、お腹減った」

「ああ、なんでも作ってやるぞ」

マアロはニコリと笑って〝フルーツポンチが食べたい〟と言ったが、とりあえずそれは明日にして、今日のところは寝ようということで意見が一致した。

村長のところに行くと、祠の建物の一つを割り振られたので、五人はそこでテントを張って夜を明かした。


翌日、良一は改めて村長のもとを訪れて仔細《しさい》の報告を行なった。

「石川君、手紙の件はご苦労だった。重ねて礼を言うよ。ところで、昨日は会わせられなかったのだが、村がドラゴンに襲われた時に追い払ってくれた男爵様の使いの方を紹介しよう。元Aランク冒険者のマセキスさんだ」

「初めまして、ギレール男爵の家臣、マセキスです。よろしくどうぞ」

村長に紹介されて進み出たのは、六十代ぐらいの男性。細身で眼鏡をかけ、柔和な笑みを浮かべており、良一には元Aランク冒険者だという言葉が信じられなかった。

しかし、一緒にいたココは心当たりがあるらしく、即座に反応した。

「もしかして、硬固《こうこ》のマセキスさんですか」

「懐かしい呼び名ですね」

マセキスが笑みを深める。

ココ曰《いわ》く、マセキスは槍使いとして有名な冒険者だったらしく、その肉体は硬く、振るう槍は決して折れず、全てを貫き壊す。

彼はキマイラを単独で討伐して、その名を広く知らしめたらしい。

「引退してからというもの、ご縁のあったギレール男爵に仕《つか》えています」

良一とココもそれぞれ自己紹介し終えたところで、村長が話を始めた。

「マセキスさんの情報では、男爵様や公爵様の兵士が来るのは最短で一週間後との話でしたが、それまでにドラゴンは再び襲ってくるでしょうか？」

「そうですね。石川さん達に傷を負わされ、またすぐに襲ってきたことを考えると、かなり気性《きしょう》が荒い個体のようです。一週間以内にはどこかを襲うでしょうね。それに、少なくとも二度人間と戦ったことで、奴も急速に成長しているでしょうから、油断はなりません」

「やはり……」

村長の顔が暗くなるが、マセキスが元気づけるように微笑んだ。

「しかし、今回現れたものはまだ若い。私も現役当時に数度ドラゴン退治に参加しましたが、それらと比べると脅威の度合《どあい》は劣ります。男爵様の応援が来るまで持ちこたえるのは不可能ではないでしょう。私も男爵様から村を守護《しゅご》するように言われていますので、安心してください。現役を退いたとは言え、まだまだそこらの若者には負けませんよ」

「俺達もここにいますから、協力させてください」

当然、良一とココも助力を申し出た。


こうして良一達は巨兵の祠でしばらく避難生活を行うことになった。

「それで、どうするの？」

マアロが昨日のお礼のフルーツポンチを鍋ごと膝の上に載せて食べながら尋ねた。

「食料はいくらでもあるから、ボロボロの建物を修理するのが、今の俺達がやるべきことかな」

「ここのお家を直すの？」

モアが首を傾げる。

「そうだよ。せっかく巨兵の祠に来たんだし、中を探索してみてもいいけど、それは後回しだね」

良一はアイテムボックスから建築用魔導甲機を取り出して、誰も使えないほどボロボロな建物を修復しはじめた。

「わあ、おっきーい」

「鉱石を掘った時とは、違う形ですね」

モアは当然のごとくはしゃいだが、一度魔導甲機を見たことがあるメアは落ち着いていた。

イーアス村の住人達も珍しがって集まり、良一の操る魔導甲機の周りに人だかりができる。

建築用の魔導甲機は、鉱山で使ったトンネル掘削用のものとは違い、人型で全長四メートルほどだった。

「危ないから近づかないでくださいね」

良一が操縦室の中のマイクを通して外に呼びかけると、声が伝わり、周りで見ていた人達も少し離れた。

良一は操縦席にマニュアルを広げて、建築物の修復方法のページに目を通す。

それによると、まずは修復したい建造物をセンサで解析《かいせき》して、建造物の基礎や使われている材料を調べる。解析が終わると同じものか似た材料を使って修復を始めるらしい。

「センサを起動させて……と」

計測はあっという間に終了した。建物は鉄筋コンクリートのような構造だったが、良一が聞いたこともない鋼材も使用されていた。

魔導甲機に内蔵《ないぞう》されているアイテムボックスのような機関には大体の鋼材や建築資材が積載してあるらしく、手元のコンソールに〝修復可能〟と表示された。

「じゃあ、修復開始」

良一がタッチパネルを操作すると、魔導甲機が自動的に動いて建物を修復しはじめた。

修復内容を見てみると、ほぼ建て直しみたいだ。

基礎はこのまま使用可能なようだが、崩れかけた屋根や壁は全部撤去《てっきょ》して、新たに造りなおす。修復内容は配線や上下水道にまで及ぶらしい。

そして三時間後。

スイッチ一つで家屋が一棟完成した。

「完成です」

良一が操縦席から出てそう言うと、全員が魔導甲機やできたばかりの建物に群《むら》がった。

良一にとっては少し懐かしい、鉄筋コンクリートの倉庫だった。

彼はメアとモアとココとマアロ、そして村長とマセキスを連れて中に入る。

「これがスイッチだな」

入口すぐの壁にあったスイッチを押すと、暗かった室内に明かりが灯った。

「わー、明るくなった」

「これは、魔石灯ですか。王都でようやく自分達で作れるようになった物が、こうもあっさりと目の前に」

マセキスは驚いて倉庫内を調べて回り、村長も驚きに目を見張る。

「こんな短時間でこうも見事な建物ができるとは」

「良一兄ちゃん、これ、なーにー」

モアとメアとマアロが、大型ディスプレイの画面の前に立ち尽くして覗き込んでいる。

「これは、テレビかな？」

横のボタンを押すと電源が入り、画面にこのディスプレイのメーカーのマークらしきものが映しだされたが、少しすると何も映らなくなった。

「あれー⁉　なんか三角の絵が出てきたのに、何もなくなっちゃった」

「良一兄さん、壊れちゃったんですか」

心配そうなメアの頭を撫でてなだめる。

「壊れてはいないけど」

辺りを見回すと四角い箱状の装置があり、こちらの電源を入れると、再びディスプレイに映像が出力された。

「なんて書いてあるの？」

「三角魔導機社……これは遺跡から発掘される魔導機によく記されている商会の名前ですね」

モアの質問にはマセキスが答えた。

「でも、名前が出てくるだけじゃつまらない」

そんなモアの発言に反応したのか、画面に女性の顔が映し出され、何やら喋りはじめた。

『三角魔導機社ＰＹＴ４０００シリーズ魔導計算機をご購入いただき、ありがとうございます。初期設定を開始いたします。使用用途をお決めください』

突如響いた女性の声にこの場の全員が驚き、画面に集中した。

「うわー、女の人がいる」

「何これ、えっ、どうなってるんですか⁉」

モアとメアが慌てふためいていると、画面の女性が淡々《たんたん》とそれに応えた。

『申し訳ございません。聞き取りができませんでした。もう一度、使用用途を発言ください』

このままでは一向に設定とやらが終わらないと思い、良一が進めることにした。

「じゃあ、一般家庭用で」

『かしこまりました。一般家庭用でカスタマイズを開始いたします。しばらくお待ちください』

しばらくの沈黙の後、再び音声が流れる。

『……現在、魔導ネットワークに接続されておりません。最新の状態に保つことができませんが、設定を続けますか？』

「はい」

『かしこまりました。一般家庭用でお使いになるには、メーカー推奨《すいしょう》の付属機器の接続をお勧めします』

そんな風にして設定を適当に進めていくと、皆口を閉ざし、良一と画面の女性に注目した。

『――これで初期設定を終了いたします。このまま何かなさいますか？』

「子供が見る映像はあるか？」

『申し訳ございません。魔導ネットワークに接続されていないため、再生可能な映像作品はございません。記録媒体《ばいたい》をお持ちなら、そちらを挿入《そうにゅう》してください』

「そうか……残念だな」

「良一兄ちゃん、モアもお話しする」

良一達の話が一段落したところで、モアがせがんだ。

「こんにちは、お姉さん」

『こんにちは』

「お名前はなんていうの」

『名前は設定されておりません。お客様がお決めください』

「お名前がないの？　じゃあね～、みっちゃん」

『本機体の名称を〝みっちゃん〟に設定しました』

「みっちゃんは、どうして顔だけなの」

『全身バージョンもございます』

すぐに映像が切り替わり、ディスプレイには制服に身を包んだ女性――みっちゃんが映し出された。

どうやら会話ができるらしいと分かったメアやマアロにココ、そして村長やマセキスも話しかけはじめる。

次々に村の他の住人が倉庫の中に入り、みっちゃんに話しかけていった。

村を追われ、娯楽のない避難生活に、みっちゃんはちょっとした刺激になったらしい。

その間、良一は再び魔導甲機に乗り込んで、修復作業を再開した。

「とりあえず、屋根や壁が崩れている建物を修復していくか」

壁や屋根を直すだけで済む建物を見つけては、次々に魔導甲機で修復して、夕方には大方の作業は終わった。これで、住民達の生活スペースに大分ゆとりができるはずだ。

「石川君がいてくれて助かったよ。食料も提供してくれて、村に戻ったら今回の謝礼金《しゃれいきん》を弾ませてもらうからな」

村長のコリアスは立派になった施設を満足げに眺めながら、作業を終えた良一を労った。

◆◆◆

それから一週間、何事もなく避難生活は過ぎていった。

その間良一はココから肉体強化の魔法を教わったり、マセキスに稽古《けいこ》をつけてもらったりして、ドラゴンとの戦いに備えていた。

メアとモアも一緒に修業をしていて、神の加護があるおかげなのか、簡単なものだが肉体強化の魔法を習得し、ココやマセキスを驚かせたのだった。

そんな中、巨兵の祠に十人ほどの鎧に身を包んだ兵士がやって来た。

先触《さきぶ》れの到着で、ついにドラゴン退治が始まりそうだと、村人の間にも緊張が走る。

兵士達はすぐさまコリアスとマセキスがいる建物に通され、打ち合わせがなされた。

「ドラゴン討伐軍のうち一隊がすでにこの近辺までやって来ていて、陣を張っています。男爵様と公爵様の私兵団と王国軍の混成部隊で、総勢《そうぜい》二百三十三名。統括者《とうかつしゃ》は王国軍のグスタール将軍です」

「結構な人数ですね」

打ち合わせを終えて出てきたマセキスからドラゴン討伐隊陣容や進行状況の情報を聞き、良一は唸った。

イーアス村のおよそ半分の人数が、ドワーフの里とイーアス村の間のキャンプ地で陣を張っているらしい。何度も通ったキャンプ地が兵士で埋め尽くされている様《さま》を想像すると、若干息が詰まりそうだった。

その他にも、この一週間の間に一度、ドワーフの里近くでドラゴンの襲撃があったことが分かった。幸《さいわ》い、ドワーフの里も警戒しており被害はなかったが、ドラゴンが去った後、里の外で野盗らしき人間数人の死体が見つかったという話だ。

また、ドラゴンと実際に戦ったことのある、良一とマセキスには、グスタール将軍が直接話を聞きたいということで、招集《しょうしゅう》命令が下っていた。

良一達は早速指示に従って討伐軍のキャンプに向かう。

マセキスと護衛《ごえい》の兵士二人の四人で走って向かったのだが、他の三人は良一のスピードに苦もなくついてきた。

良一は改めて、世界は広く、いろんな人間がいるものだと実感した。

「こちらが将軍の天幕です。お入りください」

宿営地に着き、同行した兵士に案内されたのは、他よりも立派で大きなテントだった。

案内の騎士に続いて天幕の中に入ると、たくさんの机と椅子が並んでおり、着ている鎧や風貌《ふうぼう》から明らかに周りの兵士とは格が違うと分かる人物が八人いた。

「よく来てくれた。ドラゴン討伐軍の統括をしている、カレスライア王国騎士団遠方将軍のグスタールだ。早速だが、君達の話を聞かせてもらいたい」

どっしりと重厚で低い声が、天幕の一番奥から響いてきた。

その声を発した人物は、真っ赤な髪をオールバックにして、細部が赤で彩《いろど》られた白い鎧を身に纏った四十代と思《おぼ》しき偉丈夫《いじょうふ》。

目が合うと、良一には戦わずして己との力量差が分かった。

良一はココやマセキスと模擬《もぎ》試合を経験したが、目の前の男の実力はその二人以上。彼ならシャウトベアキングなど一撃で倒せてしまうとすら思える。

「そう緊張するな。さあ座ってくれ」

良一達二人は椅子に腰を下ろし、将軍や騎士達に尋ねられたことに答えていく。

「なるほど、ドラゴンはレベル100に達していなかったか。石川君が鑑定のアビリティを持っていて良かった。しかし、ドラゴンを退けるほどの力があり、鑑定のアビリティまで持っているとは……ぜひ騎士団に入団してもらいたいな」

「いえ、勿体ない御言葉です。自分一人ではドラゴンは追い払えませんでした」

「マセキス殿も、相変わらずの腕前のようで」

「腕の鈍《なま》った老体ですよ。実戦経験の少ないドラゴンでしたから、私でも追い払えました。しかし、村には少なくない被害が出ましたので、王国には補償《ほしょう》を願いたいところですね」

「ドラゴンが討伐されたあかつきには、王に進言させていただく」

「ありがとうございます」

少しの間情報交換して、将軍との面会が終わった。

「後は討伐軍に任せておけば、数日中にドラゴンは討伐されるでしょう。私は男爵様の兵士に話をしてまいりますので、良一さんはメアさんやモアさんのもとへお戻りください」

「分かりました」

良一はあくまで一般人であり、将軍の指揮下にはない。ここにいても何もすることがないので、すぐに出発し、夜には巨兵の祠に辿り着いた。

良一達が寝泊まりしている建物に入ると、ココとメア、モア、マアロが四人で集まって寝ていた。しかしメアが良一に気づき、もそりと布団から体を起こした。

「おかえりなふぁい、良一兄しゃん……」

「起こしてしまったかな。ただいまメア。ちゃんと帰ってきたから安心して寝ていいよ」

「おやすみなしゃい」

良一がそう言うと、メアは寝ぼけながらも口元を緩めて布団に倒れこみ、すぐに寝息を立てはじめた。

「メアちゃん、起きて待っていたんですよ」

いつの間にかココも起き上がって良一に声をかけた。

「そうだな、お帰りの一言で疲れも取れたよ」

とはいえ、良一も眠くなっていたので、はだけていたメアの掛布団を直してから一人用のテントを用意して寝た。

◆◆◆

「良一兄ちゃん、おはよ」

「モア、おはよう」

翌朝、良一は布団の上に重みを感じて目を開けた。

どうやらモアが布団の上から抱きついていたらしく、良一が目を開けると笑顔になって元気良く挨拶してきた。

良一が布団から手を出して頭を撫でると、モアはエへへと微笑む。

「だめだよモア、良一兄さんは昨日いっぱい走ってきたんだから、休ませてあげなきゃ」

すでに目を覚ましていたメアが注意したが、良一はモアの背中に手を回しながら体を起こした。

「ありがとう、メア。でももう充分に寝たから大丈夫。モア、起こしてくれて助かったよ」

「おはようございます。良一兄さんがすぐに帰ってくるって言っていたから、待っていたんですけど、いつの間にか寝ていて……」

「まあ、帰ってきたのも遅かったし、仕方がないよ」

そう言って、良一は朝食の準備に取りかかった。

祠で過ごした一週間の間、良一はメアとモアと一緒に朝食を作って、少し料理を教えていた。

モアにはまだあまり作業をさせられないが、メアは玉子焼きを焼く係になっている。

メアは良一達五人分の玉子焼きを丁寧に作って、皿に盛り付けた。

モアもマアロも甘い玉子焼きが好きなので、砂糖を使っていて、弱火でじっくり焦げないように焼いているため、毎朝美味しく仕上がっている。

「よし、食べよう」

避難してきていたイーアス村の村民達も、村から持ち寄った食料や、良一が配給した食料で、各々朝食を作っている。

他にも森で木の実や果実が取れるので、それらも食卓に並ぶ。

「騎士さん達が、いっぱーいいたの？」

「ああ、鎧を纏った騎士さん達がいっぱいいたよ」

「ドラゴンを倒しちゃったの？」

「いいや、これから倒してくれるんだよ」

「良一兄ちゃんが倒すんじゃないの？」

「俺はメアとモアを守るだけで精一杯《せいいっぱい》だよ」

「良一兄ちゃんが守ってくれたら、怖くない」

「私も怖くないです」

モアとメアは、良一に全幅《ぜんぷく》の信頼を込めた笑顔を向ける。

「ああ、しっかり守るからな」

ココがそんなやり取りを微笑ましく見ている横で、マアロは脇目も振らずにどんぶりに大盛りのご飯をかき込んでいた。


「さてと、今日も巨兵の祠を見て回るか」

良一はアイテムボックスで複製した食料を大量に配給しているので、特例的に避難生活中の仕事を割り振られていない。

そこで、空《あ》いた時間は五人で巨兵の祠をくまなく探索していた。

約一週間色々探したが、大抵は老朽化《ろうきゅうか》が進んでいて、触るまでもなく壊れている。

結局新しい発見はなく、今日は魔導甲機を手に入れた場所を詳しく探すことにした。

魔導甲機やアタッチメントを回収したので部屋は閑散《かんさん》としていて、代わり映えのしない検査場の設備があるだけだった。

ぶらぶらしていると、モアの興奮気味な声が聞こえた。

「良一兄ちゃん、何かある！」

「どこだ？」

「これこれ」

モアが指差した壁には静脈認証《じょうみゃくにんしょう》のタッチパネルらしきものがついていた。

こびりついた埃のせいで見にくいが他の部分とは材質が異なっている。

「凄いな、モアは。日頃の行いが良いから、運が良いんだな」

「えへへへ」

良一に頭を撫でられて、嬉しそうなモア。

「良一兄さん、これはなんですか？」

「俺が知っている物なら、ここに手を当てれば良いんだけど」

試しに良一が手を当てると〝認証しました〟と機械音声が流れた。

「なんでこうもアッサリと認証されるんだ？」

良一は釈然《しゃくぜん》とせず首を捻る。

「良一兄さん、扉が出てきました」

タッチパネルの横の壁と思われていた部分が音を立てながら少しずれ、横にスライドして開く。

「よし、中に入ろう」

新たに判明した場所へと行くと、そこはコントロールルームとでも言うべきか、壁一面にディスプレイと座席にキーボードがたくさん設置されていた。

「倉庫というわけじゃないから、持っていけそうな物は何もないな」

ディスプレイやキーボードは取り外したら使えないだろう。しかし、良一は机の一つに腕時計のようなものが置いてあるのを発見した。

早速手に取って手首に巻いてみると、〝生体登録をしますか？〟と機械音声が流れる。

良一はここで一つ閃き、登録を行う前に複製できるのではないかと、手首から外してアイテムボックスに入れた。

すると、一個十五万円で複製ができるようだったので、一応五人分と予備にもう一個複製した。

それなりの出費だが、魔導甲機みたいな物と違って、このサイズなら日常的に役に立つものかもしれないと期待できた。

まず良一が試しに装着して生体登録を行なって起動すると、これは腕時計型のスマートフォンとでも言うべきものだと分かった。

とりあえず危険な物ではなさそうなので、他の四人も手首に巻いて登録を行なった。

「使い方は調べないと分からないから、一度外に出ようか。みっちゃんに聞いてみたら何か分かるかな？」

思わぬ成果に心躍らせ、検査場施設から外に出た五人だったが、その楽しい気分は一瞬にして吹き飛ばされてしまった。

どうも建物の外が騒然《そうぜん》としている。

何事かと飛び出した彼らの視界に飛び込んできたのは、満身創痍《まんしんそうい》の黒いドラゴン。

「グゥルゥギュアー」

血を流しながらも、ドラゴンは良一達に向かって恐ろしい咆哮を上げた。

祠の周辺はすでに大混乱、村人達が右往左往《うおうさおう》している。

「逃げるぞ！」

良一はメアとモアを片腕に一人ずつ抱え上げ、ココはマアロを抱き上げて走る。

とにかく三人を安全なところに避難させるのが先決だ。

ドラゴンは逃げる五人に気づき、後を追ってこようとしたが、両者の間に鎧を纏った兵士達が数人割り込んだ。

「大丈夫ですか！」

男爵が使いによこして、そのまま滞在していた兵士だ。

「兵士さん、どうしてドラゴンが？」

「つい今しがた、傷だらけのドラゴンが現れたんです。私達が時間を稼ぎますので、早く逃げて」

兵士達の忠告に従いその場から離れた。

「良一、無事か、こっちだ！」

走る良一の前方で、建物の陰に隠れたギオが手招きした。

「ギオ師匠、村のみんなは⁉」

「ああ、ドラゴンは傷だらけで地上を歩いてきたからな。遠目に発見してから、すぐに村のみんなを建物の中に避難させた」

ココは後ろを振り返って様子を窺いながら剣の柄に手をかける。

「良一さん、恐らく討伐軍がドラゴンを討ち漏らしたんです。討伐軍が来るまでの間、あのドラゴンをどうにかしないと、兵士さん達だけでは相手になりません」

「そうだな。ギオ師匠、メアとモアをお願いします」

「ああ、任せておけ」

良一は、メアとモアの頭を撫でて、〝行ってくる〟と告げる。

「ドラゴンを倒してね」

「良一兄さん、待ってますから」

「ああ、すぐ帰ってくるよ」

そうして、良一はココと一緒にドラゴンと戦う兵士達のもとへと向かった。

「助太刀《すけだち》します！」

「すまない、助かる。仲間が何人か怪我をして動けそうにない」

良一は鑑定を使ってドラゴンの状態を素早く分析する。

グレートドラゴン
レベル：98
生命力：3100／23000　魔保力：30000／36000
攻撃力：23000　守備力：20000
速走力：4000　魔操力：13000
魔法属性：火、風、雷、竜
所持アビリティ：《特級牙術》《特級爪術》《特級咆哮》《特級空中制動》《特級肉体強化》

「ドラゴンの翼の傷が酷いです。もう飛べないでしょうから、こいつも決死の覚悟で戦ってくるでしょう」

ココが忠告した通り、ドラゴンは最初に戦った時とは違い、良一達を殺そうという明確な殺気を漲らせていた。

「生命力はあと少しだ。俺達で倒し切る！」

良一の叫びに応えて、ココは剣を抜き放ち、臨戦《りんせん》態勢に入った。

「いくぞ！」

良一は分身体を召喚して、ドラゴンを半包囲。村人に被害が及ばないように動きを抑える。

兵士達は突如大量に出現した良一のコピーに驚くも、頼りになる増援《ぞうえん》に勇気づけられ、一斉に攻撃に転じた。

ドラゴンは尻尾を振るって邪魔な分身体を根こそぎなぎ倒そうとするが、肉体強化の魔法で速さが増した分身体達はこれをかいくぐって竜の後ろ足に肉薄《にくはく》し、ダダレスの斧を叩き込む。

深手《ふかで》を負わせることはかなわないが、斧は頑丈で、刃こぼれ一つせず輝きを保っていた。

しかし、この場で一番のダメージソースはココの必殺の斬撃だ。

彼女が狙い澄ました一撃を放つ度に、鱗が切り裂かれ、ドラゴンが苦悶《くもん》の声を漏らす。

空を飛べないドラゴンの動きは単調で、良一達の攻撃は波に乗りつつあった。

良一がドラゴンの注意を引きつけて隙を作り、ココが少しずつ生命力を削る。兵士達も必死に攻撃を加えるが、ココほどには生命力を削れない。

「良一さん、どうですか」

「今、生命力が２５００くらいだ」

「これだけ剣撃を浴びせたのに、やっとですか……。前回一撃で追い払えたのは、運が良かったと考えるべきですね」

「けど、ドラゴンとの戦闘は二回目だ。こっちもだんだんこいつの行動が分かってきた。

落ち着いて、粘《ねば》り強く戦えば、きっと勝機が見えてくる」

「はい。油断せずにいきます！」

それからも良一が目眩しをしてココが攻撃するというパターンを続けていたが、疲労が蓄積《ちくせき》し、徐々にドラゴンの攻撃が掠るようになってきた。

これ以上兵士達を戦わせるのは危険と判断し、ココが強い口調で叫ぶ。

「兵士の皆さんは下がってください！」

兵士達の方もこれ以上は邪魔になると悟《さと》り、ドラゴンへの攻撃を中止して、距離を置いて補助的な動きをすることにしたようだ。

「ココ、ようやく生命力が１０００を切った。あと少しだ！」

戦闘が始まって一時間。なんとかここまで追い込んだが、良一達も体力の限界が近かった。

「良一、奥義を使うので、時間を稼いで！」

疲れからか、ココも良一を呼び捨てにして、命令も言葉少ない。

「任せろ！」

良一はこれが最後の時間稼ぎとばかりに、残る分身体を全て突撃させた。

「ギォォォオー」

ドラゴンも出血のため動きが鈍く、反撃は大振りになっていた。魔法で肉体強化した分身体の動きなら、モーションを見てから回避できるので、時間稼ぎだけなら前回よりも容易だった。

「狗蓮流奥義、月蓮閃華《げつれんせんか》」

ココは前回とは違う奥義を放った。

切っ先が見えなくなるほどの速さで横薙《よこな》ぎの斬撃を繰り出し、ドラゴンの体を切り刻む。

彼女が腕を振るう度に鮮血《せんけつ》が舞い、空中に赤い華が咲き乱れた。

刃はドラゴンの生命力をみるみる削り取っていくが……あと300というところで、ココの方が先に限界を迎えた。

一瞬顔をしかめると、その場で倒れてしまう。

このままでは無防備なココが危ない。幸い、ドラゴンは攻撃の余波で怯んでいる。良一は残っている分身体を突入させると、ココを抱えて戦場からの離脱《りだつ》を図《はか》った。

しかしドラゴンも頭を持ち上げ、逃げる分身体もろとも焼き殺そうとブレスを溜める。

絶体絶命《ぜったいぜつめい》。まさにその時——

「お待たせいたしました」

優雅《ゆうが》さすら感じさせる男の声が響き、空から流星のごとく降ってきた槍が竜の頭を貫いた。

ドラゴンの目から光が消え、ズシンと轟音《ごうおん》を響かせ、巨体が崩れ落ちる。

良一は疲労と安堵のあまりへたり込み、トドメを刺した男に笑いかけた。

「美味しいところを取られちゃいましたね、マセキスさん」

「これくらい図太《ずぶと》くなければ、Aランクにはなれませんよ？」

長かったドラゴン騒ぎが終息《しゅうそく》した瞬間だった。


「良一兄さん、ココさんが起きました！」

ドラゴンを討ってから二時間後、奥義を放って倒れていたココが目を覚ました。

擦り傷や打ち身はマアロが回復魔法で治していたので外傷《がいしょう》は一切ない。

「おはようございます、メアちゃん。ドラゴンはどうなりました？」

「ドラゴンは眼鏡のおじさんがやっつけたよ。ココ姉ちゃんも良一兄ちゃんも凄かった！」

モアは大興奮でココの顔に頬をすり寄せる。

「そうですか」

「マアロに回復魔法を頼んだんだけど、体は大丈夫か？」

「はい、体はどこも問題ないですよ。ドラゴンは無事に討伐できたみたいですね」

「ああ。最後のトドメはマセキスさんが持っていったけど。俺もこの通り、怪我はないよ」

「良かったです」

みんなで笑い、ドラゴン討伐の喜びを分かち合っているところに、鎧を纏った騎士が訪ねてきた。

「失礼します。石川良一様とココ・ユース・ガベルディアス様はおいでですか？」

「はい、俺が石川良一ですけど」

「私はカレスライア王国騎士団のユリウスと申します。遠方将軍グスタールの使いで参りました」

ユリウスはそう言って胸に手を当てた。

「えっと、将軍が何か？」

「ドラゴン討伐の功労者である、お二人をご招待いたしたいのですが……」

「どちらに行けば」

グスタール将軍達はドラゴンを追って移動してきており、今は巨兵の祠のすぐそばに仮設キャンプがあるらしい。

メアやモア、マアロも同行して構わないとのことなので、良一達は五人で騎士ユリウスの後に続いた。

巨兵の祠の遺跡群《ぐん》から少し離れた場所に張られた天幕の中には、グスタール将軍をはじめ、マセキスやその他偉そうな騎士達も揃っていた。

「ドラゴン討伐の功労者であるお二人。石川良一様とココ・ユース・ガベルディアス様をお連れしました」

「ああ、ドラゴン討伐直後でお疲れのところ申し訳ないが、よく来てくれた。早速だが、ドラゴンを見せてもらえるかな」

ドラゴンを解体せず丸ごと回収できるのが良一しかいなかったため、死体は今、彼のアイテムボックスに収められている。

「分かりました」

天幕の中では狭いので、良一は一度外に出て空《あ》いたスペースにドラゴンの死体を置いた。

周りから、おぉと感嘆の声が漏れ、ざわめきが広がる。

「ココ姉ちゃんと良一兄ちゃんが、あの大きなドラゴンをやっつけたんだよね！」

「良一兄さん……もう動かないって分かってますが、少し怖いです」

「大きい」

三人娘が、ドラゴンを見てそれぞれの感想を口にした。

グスタール将軍もドラゴンの死体を認め、大きく頷いた。

「確かに。改めて、ドラゴンの討伐の援助《えんじょ》感謝する」

天幕の中に戻ると、グスタール将軍はドラゴンが巨兵の祠に現れた理由を語った。

「ドラゴンを君達イーアス村の避難地まで取り逃がしてしまったのは、我々の失態《しったい》に他ならない。混成部隊ゆえ、連携の弱い部分を突破されてしまった。イーアス村の村民に被害が出なかったのは君達のおかげだ」

グスタール将軍の話では、良一達がドラゴン討伐隊の宿営地を去った後、すぐに少人数の部隊でドラゴンの捜索が開始されたのだという。ドラゴンの棲処はすぐに判明して、速《すみ》やかに作戦が立案されたそうだ。

まずはドラゴンの翼を集中的に攻撃して飛行能力を奪い、地上に下りたところで包囲攻撃が始まった。……と、そこまではよかったが、途中で功を焦《あせ》った一部が突出して、陣形に乱れが生じたらしい。その乱れた包囲網を瀕死《ひんし》のドラゴンはがむしゃらに食い破り、逃げてしまったとのことだ。

すでに、原因を作った男爵と公爵の兵には処断《しょだん》が下されたそうだ。

グスタール将軍は続ける。

「ドラゴン討伐に関わり、多大な功績《こうせき》のあった君達は、名誉《めいよ》騎士爵を授爵《じゅしゃく》する権利を得た。しかし、授爵ができる爵位《しゃくい》を持っているのは、この島ではホーレンス公爵のみ。そこでぜひ、公都グレヴァールにお越しいただきたい」

突然の申し出で、良一は少々困惑したが、断る場面ではないだろうと、受けることにした。

「分かりました。謹《つつし》んでお受けいたします」

「そうか、兵士達にも移動と戦闘で疲労が見えることから、しばしこの地で休息し、三日後に公都グレヴァールへと出発しよう。細かいことは、君達を案内した騎士のユリウスに尋ねてくれ」

そうして面会は終わり、五人は天幕を出た。

「良一兄ちゃん、今度は公都へ行くの？」

「そうだね」

「この島で一番大きな町ですよね」

「ああ。俺は行ったことないけど、多分そうだ」

メアとモアは姉妹でまた町を見に行けるということで、キャッキャとはしゃいでいる。

そんな中、ココが遠慮がちに声をかけてきた。

「良一さん、少しいいですか」

「ああ、どうかしたか」

「公都グレヴァールで授爵を終えたら、私は一度実家に帰りたいと思います」

「そうか……そこでお別れか。メアとモアも悲しむな」

「そうですね、私も悲しいです。でも爵位を賜《たまわ》ったとなると父に話をしなければいけません。ですが、父との話が済んだら、また良一さん達とご一緒してもいいですか？」

少しだけ照れくさそうに言うココに、良一は大きく頷いた。

「もちろん！」

「ありがとうございます」

「良一兄ちゃん、ココ姉ちゃんと何を話しているの？」

「うん？　また一緒に旅をしようって話していたんだよ」

「そうなんだ！　ココ姉ちゃんも一緒なんだね、楽しみ！」

「ココさんがいると、とっても安心です！」

メアもモアも嬉しそうに笑う。

思えば、ほんの少し前まで、この二人は家族を失い、借金や病に苦しんで、絶望のどん底の生活をしていたのだ。

それがこんなにも無邪気に笑って、自分を兄と慕ってくれる。

そう考えると、こうしてスターリアに来たのも悪い選択ではなかったんじゃないか――

良一は遠い日本を思い出しながら、異世界の空を見上げたのだった。

あとがき

この度は文庫版『お人好し職人のぶらり異世界旅1』をお読みいただき、誠にありがとうございます。作者の電電世界です。

さて、人生初のあとがきということで、どんな内容にするか迷ったのですが、今回は作品の裏話のようなことをお話ししたいと思います。

まず、執筆《しっぴつ》の動機はと言えば、正直なところ「ノリと勢いだけ」です。私がこよなく愛する趣味《しゅみ》の世界を異世界転移の物語として書きたい、と思ったのがスタートでした。そのため、設定などはあまり深く考えてはいなかったものの、とにかくテンポの良い、登場人物達が和気あいあいとした、ストレスを感じさせない話にしたい、という思いが強くあったのはよく覚えています。

本作の主人公である石川良一の名前の由来にしても、作者の出身地が石川県だから、という軽いノリでして、下の名前はアニメや漫画で一が最後に付く名前が多いな……と感じていたので、なんとなくその時のインスピレーションで命名しました。主人公の名前ですら、そんなノリと語感《ごかん》で決めるくらいですから、他のキャラクターたちに至っても、言わずもがな、というところです。

そんな主人公の良一ですが、私は執筆当初から彼を世界最強の存在にはしないつもりで書いています。理由は、圧倒的なチート能力で目の前に現れる強敵を無双《むそう》する話よりも、血反吐《ちへど》を吐くような困難に立ち向かいながら、悪を討ち滅ぼすヒーロー譚《たん》が好きだからです。その上、主人公は実は不死身の存在だった……みたいな展開が用意されているとなお最高ですね。

本作はそんな作者の趣味嗜好《しこう》が存分に詰まった一冊となっています。空想の塊《かたまり》だった小説が、書籍というキチンとした形あるものに纏まり、その歓《よろこ》びをリアルに肌で感じることができました。読み手の一人であったオタクな私が、一歩勇気を踏み出してできた作品です。サラッと気軽な感じで、お楽しみいただければ嬉しいです。

アルファポリスのWebサイトでは、本作の漫画も掲載されています。葉来緑氏という素晴らしい漫画家さんが描いてくださったおかげで、より多くの方に拙作《せっさく》を知ってもらえました。是非《ぜひ》とも一度、お読みいただければ幸いです。

最後になりますが、読者の皆様をはじめ、この作品に携わっていただいた関係者の方々に心よりお礼申し上げます。それでは、また次巻にてお会いしましょう。

二〇二〇年八月　電電世界

ネットで人気爆発作品が続々文庫化!

アルファライト文庫 大好評発売中!!

アラフォーおっさん、ボスモンスターをワンパン撃破!?

超越者となったおっさんはマイペースに異世界を散策する 1

神尾優 *Yu Kamio*　illustration ユウナラ

召喚されてボスモンスターを瞬殺するも、激レア最強スキルが制御不能……!?

若者限定の筈の勇者召喚になぜか選ばれた、冴えないサラリーマン山田博(42歳)。神様に三つの加護を与えられて異世界に召喚され、その約五分後——彼は謎の巨大生物の腹の中にいた。いきなりのピンチに焦りまくるも、貰ったばかりの最強スキルを駆使して大脱出! 命からがらその場を切り抜けた博だったが——。不器用サラリーマンの異世界のんびりファンタジー、待望の文庫化!

文庫判　定価:本体610円+税　ISBN:978-4-434-27760-3

ネットで人気爆発作品が続々文庫化！

アルファライト文庫 大好評発売中!!

武術の達人×全魔法適性MAX＝

向かうところ！敵無し！

最強の異世界やりすぎ旅行記1～5

1～5巻 好評発売中！

萩場ぬし Hagiba Nusi　　illustration yu-ri

巨大な魔物もSSランク冒険者も
拳ひとつでなんとかなる！

真っ白な空間で目覚めた小鳥遊綾人は、神様を名乗る少年に異世界へ行く権利を与えられた。さらには全魔法適性MAXという特典を貰い、トラブル体質の原因である「悪魔の呪い」を軽くしてもらうことに。そうして晴れて異世界に送られたアヤト。ところが異世界に到着早々、前以上のペースでトラブルに巻き込まれていくのだった――最強拳士のやりすぎ冒険ファンタジー、待望の文庫化！

文庫判　各定価：本体610円＋税

アルファライト文庫

この作品に対する皆様のご意見・ご感想をお待ちしております。

おハガキ・お手紙は以下の宛先にお送りください。

【宛先】

〒150-6008 東京都渋谷区恵比寿 4-20-3 恵比寿ｶﾞｰﾃﾞﾝﾌﾟﾚｲｽﾀﾜｰ 8F
（株）アルファポリス　書籍感想係

メールフォームでのご意見・ご感想は右のＱＲコードから、
あるいは以下のワードで検索をかけてください。

アルファポリス　書籍の感想　検索

ご感想はこちらから

本書は、2018 年 2 月当社より単行本として
刊行されたものを文庫化したものです。

お人好《ひとよ》し職人《しょくにん》のぶらり異世界旅《いせかいたび》 1

電電世界（でんでんせかい）

2020年 9月 30日初版発行

文庫編集－中野大樹／篠木歩
編集長－太田鉄平
発行者－梶本雄介
発行所－株式会社アルファポリス
〒150-6008東京都渋谷区恵比寿4-20-3恵比寿ガーデンプレイスタワー8F
TEL 03-6277-1601（営業） 03-6277-1602（編集）
URL https://www.alphapolis.co.jp/
発売元－株式会社星雲社（共同出版社・流通責任出版社）
〒112-0005東京都文京区水道1-3-30
TEL 03-3868-3275
装丁・本文イラストーシソ
文庫デザイン―AFTERGLOW
（レーベルフォーマットデザインーansyyqdesign）
印刷－株式会社暁印刷

価格はカバーに表示されてあります。

落丁乱丁の場合はアルファポリスまでご連絡ください。

送料は小社負担でお取り替えします。


ISBN978-4-434-27871-6 C0193